玛尔·戈伊苏埃塔 幻想三部曲

梦魇世界之王

REINA EN EL MUNDO DE LAS PESADILLAS

［西］ 玛尔·戈伊苏埃塔 （Mar Goizueta）——— 著
李季原——— 译

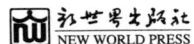

图书在版编目（CIP）数据

梦魇世界之王 /（西）玛尔·戈伊苏埃塔著；李季原译. -- 北京：新世界出版社，2025.1. -- ISBN 978-7-5104-7982-3

Ⅰ.I551.45

中国国家版本馆 CIP 数据核字第 2024QV0878 号

北京版权保护中心引进书版权合同登记号：图字 01-2024-4774

Original title: Reina en el mundo de las pesadillas
Copyright © Mar Goizueta Díaz
All rights reserved.
The simplified Chinese translation rights arranged through Rightol Media
（本书中文简体版权经由锐拓传媒取得 Email:copyright@rightol.com）

梦魇世界之王

作　　者：[西] 玛尔·戈伊苏埃塔
译　　者：李季原
责任编辑：楼淑敏
封面设计：贺玉婷
责任校对：宣　慧　张杰楠
责任印制：王宝根
出版发行：新世界出版社
网　　址：http://www.nwp.com.cn
社　　址：北京西城区百万庄大街 24 号（100037）
发 行 部：（010）6899 5968（电话）　（010）6899 0635（电话）
总 编 室：（010）6899 5424（电话）　（010）6832 6679（传真）
版 权 部：+8610 6899 6306（电话）　nwpcd@sina.com（电邮）
印　　刷：天津中印联印务有限公司
经　　销：新华书店
开　　本：710mm × 1000mm 1/32　尺寸：145mm × 210mm
字　　数：120 千字　印张：7.5
版　　次：2025 年 1 月第 1 版　2025 年 1 月第 1 次印刷
书　　号：ISBN 978-7-5104-7982-3
定　　价：48.00 元

版权所有，侵权必究

凡购本社图书，如有缺页、倒页、脱页等印装错误，可随时退换。
客服电话：（010）6899 8638

献给妈妈，她现在住在那边

他梦见她沉睡时他也沉睡

梦见他梦见她的梦

　　　　　——节选自歌曲《沉睡之人》，伊万·费雷罗

于是我明白悲伤来自太空

　　　　　——节选自歌曲《哈雷彗星2061》，安德烈斯·莱温

"如果一个人在睡梦中穿越天堂，别人给了他一朵花作为他到过那里的证明，而他醒来时发现那花在他手中……那么，会怎么样呢？"

　　　　　——S.T. 柯勒律治

"梦是我们欲望最纯粹、最绝望的结晶，人类是睡梦里的天才。"

　　　　　——黑泽明

从不相信那竟是梦境

因此我信仰海洋

    ——节选自歌曲《信仰海洋》，未来电台乐队

她说："我的衣柜里有个怪物，

你得陪我上床……"

    ——节选自歌曲《衣柜里的怪物》，路易斯·拉米罗

序

　　我一直认为原创性被抬得太高了，在艺术领域尤其如此。且不说有多少作品能够真正地做到完全独创——这通常是幸运的意外之举，单看有不少人在创作时竭力把原创性视作第一准则与不二法门就知所言非虚。对原创性的执着，有时会导致"数典忘祖"，让创作者自觉或不自觉地遗忘自己作品中来源于生活、电影或文学的部分，而这些援引之处终是会浮出水面的；要说有什么东西是作家在书写时无法隐藏的，那就是他来自哪里以及他经历了什么才促使他拿起笔来。创作是一种隐秘的需要，是破土的尖芽，肚里的蛔虫，一种不可解的存在。通常来讲，创作——将故事写成文字——的欲望可能源自某本钟爱的书籍，某部煽情的电影，或仅仅来自虚空的召唤：你知道你爱着这样一个故事，它还不存在，你还没读到，于是你决定自己在文字里找到它。凡有所创，必有所出。我一直信奉这一理念，因此执着于对所有艺术作品寻根探源，也乐于观察不同来源的组成（大部分情况下，每件作品的组成都不同）如何在创作者本身的催化作用下产生化学反应并合于一体。见到作者不隐瞒自己从何处来时，我会暗自欣喜，因为这说明他很清楚自己要往何处去，也不会掩饰自己笔锋所向。

玛尔·戈伊苏埃塔正是这样的作家：其作品中的每个组成都可被识别、追溯——敏锐的读者在阅读的过程中能轻易找到蒂姆·伯顿[1]和尼尔·盖曼[2]，《黑暗塔》系列小说（1982—2012）和《地狱神探》系列漫画（1988—2013），《银翼杀手》（1982）和宫崎骏的身影；不仅如此，她还在这部全然独创的作品里展现了自我生活的所有想象，为读者打开了她人生的展柜，里面陈列着她之所以成为今

---

[1] 蒂姆·伯顿（Tim Burton），美国电影导演、动画制作人，以黑暗、哥特式的风格闻名。作品有《剪刀手爱德华》（1990）、《爱丽丝梦游奇境》（2010）等。（以下若非特别注明，皆为译者注）
[2] 尼尔·盖曼（Neil Gaiman），英国作家，代表作有《睡魔》系列漫画（1989—2015）、《美国众神》（2001）等。

日的她的全部展品。她的故事是她自己的,也只能是她自己的,但同时也未尝不可以是其他的一切,包罗万象与众生。玛尔·戈伊苏埃塔将自己所有的知识与经验都倾注在了这个故事中。

  人们常说,作家应该书写自己熟知的事物,或者至少应该在起步阶段这样做。在玛尔·戈伊苏埃塔这部处女作中,我们看到了这位作家所熟知的那个世界,由幽灵与梦魇、生命有限的凡胎与不朽的命运编织者、驯良的怪兽与因歌声而结合的爱人构成的世界。有时候,书中塑造的世界里能看见古代神话和现代剧作(电影、漫画、文学作品等)中的典故,后者包括《银翼杀手》(1982)中的独角兽折纸和《吉尔达》(1946)中女主角复仇时唱的歌。而另一些时候,作者所熟知的书中宇宙是绝对独特的,其间的世界只与自己的镜像相似,就好像作家本人真的在小时候进入镜面或跌入险恶的地洞,从而穿越了两个世界间的裂隙一般。而在这两种情况下,呈现在我们眼前的都是一个奇绝的宇宙,其间居住着可识别的与不可考的怪物,它们如此生动,细节丰富,就好像我们不是在看一部小说,而是在欣赏只在作者头脑中上映的漫画的剧本。

我不喜欢写序,别人找我的时候我通常都会拒绝(现在序言快写完了,可以坦白心迹了),但玛尔·戈伊苏埃塔激起了我的好奇心,因此说服了我。今天的我想知道这位作家在自己的处女作中构建了一个怎样的世界,想知道她能创造些什么,能讲述些什么。我之所以好奇是因为她的宇宙充满了原创性和忧郁,充满了黑暗和追思,也充满了美和新的希望——这一点只需偶尔看看她的博客就能有所了解。好奇心这次并没有杀死我,因为我只尝到了一点甜头:我十分关注这位作家的近况,希望知道她下一步的出版计划,希望这部小说能被制作成漫画,希望这部小说能更长一些(这一点我恐怕是无能为力了)。我感觉作家构建出的宇宙远比写出的更加丰富、具体,里面的细节足以以假乱真,所以她才不敢着太多的笔墨,生怕读者被书中宇宙所吞噬(如果你没有抢先一步将书籍大快朵颐的话),这可能才是本书这么短的原因。有理由期待本书的续作——那会是一个全新的故事,发生在同一个既诗意又险恶的宇宙,或者发生在另一个宇宙中。我有这样的预感:

有玛尔·戈伊苏埃塔掌舵,所有的故事都将会是姊妹篇。

当原创性作品出现时,你也从旁见证了一切:这是多么美妙的体验啊!我由衷地希望,这本书只是作者与她观看世界的独特视角之间的伟大文学友谊的开端。

玛丽亚·萨拉戈萨

(西班牙作家、剧作家、评论家、诗人)

译序

西班牙诗人古斯塔沃·阿道夫·贝克尔在《诗韵与传奇》的序言中将自己的写作需求具象为脑海内虬结在一起,"于不可名状的混乱中翻滚纠缠,一丝不挂、身体畸形"的孩子,他们"蜷曲着赤条条的身体沉睡,默默地等候艺术为他们裹上语词的襁褓,以便在现实世界体面地登台"。这一形象与《梦魇世界之王》中的梦魇原型颇为相似,都是只能委身于人脑或梦境世界的阴郁而怪诞的造物。诗人贝克尔的"灵感之子"让他有如罹患"多血症",他"需要放空头脑",正如"多血症患者需要放血来舒缓血管内的压力";而《梦魇世界之王》中的困苦者也需要将自己的悲伤喂给梦境世界的梦魇原型,以此稀释自身"满溢的"痛苦。

凡在强烈情绪下有幸蒙灵感女神接生，产下欲念与幻梦在自己体内的怪诞胚胎的创作者们，大抵都能对诗人贝克尔的这段自白感同身受，也因而最能理解玛尔·戈伊苏埃塔构筑其小说中光怪陆离的双重世界时所用的"满纸荒唐言"背后的奇情、苦闷与坦诚。正因我们自己也能感受到艺术创作的需要，感受到情感宣泄的渴求，所以我们珍惜那些可遇而不可求的作品（力比多的升华有时难于点石成金），它们的降生并非为了灯光与掌声，而是为了疏泄与自愈，所以我们理解戈伊苏埃塔为何如此书写：她别无他法。她或许也如贝克尔和其他的许多人一般，饱受创作欲的折磨，不得不宣泄，不得不书写。许多时候，不是灵感选择了我们，而是我们不得不颤抖着拜求灵感的恩典与庇佑。

据言，萨特曾对让·热内创作的《鲜花圣母》瞥以青眼，只因他的写作不求被看见，是不为读者而作，因而是从源头上脱离了被凝视的处境与客体地位的作品。这一类"非读者指向型"的创作，我们不妨将其称为纯粹"自性"的书写。这样的书写，其源头、内容与目的都是书写者本人，往往读来最感真挚，因其至诚而最能打动人心。

就戈伊苏埃塔已发表的作品来看，其笔下由丝线织就的叙事迷宫无疑也具备自白式文字的特征。在接受采访时，她也直言，"几乎所有（我笔下的）角色都有我的影子"。我们不难在《梦魇世界之王》《献给逝去少女的鲜花》与《怪诞马戏团》中看到一些反复出现的物象与情节，它们为我们勾勒出了这样一个模糊又鲜明的形象：女性，爱喝咖啡，相信神秘力量（原力、魔法、氪星石），属于高敏感人群（对因皮肤接触而产生的生物电流异常敏感、见过泛红的原野并印象深刻、闻过动物尸体腐败后的气味并难以忘怀、因对声色光味等十分敏感而频频失眠……），会因当前的麻烦与眼下的困境而焦躁不安，住在森林边上，在森林中寻见过动物的白骨，失去过家人或宠物，对罗密欧与朱丽叶式的恋情不无憧憬……这个形象好似一幅拼贴画，作者本人的特点与经历好比各种实物的碎片，被拼贴在了画幅的愿景之中，有心细赏的读者自能看出作品中何处是真实物件的挪用，何处是虚幻油彩的涂写。

戈伊苏埃塔笔下的人物往往具备一定的象征意义，其名称往往直言其表象或本质。她惯于使用职业名、刻板印象、抽象概念等为登场人物命名，有时也会直接将普通名词化用为角色的专用名称。在本作中，男女主人公被称为"陌生的男人"与"陌生的女人"，两位女神被称为"生命"与"死亡"，护士被称为"天使"，经历了痛苦的男子被称为"困苦者"，能使人命途交汇的女性被称为"命运编织者"，而怪兽、埃及人、歌者与吹笛人等角色则是直接用其类名、属地名或职业名来指称。考虑到以上情况，本书的角色名翻译并未一刀切地使用音译法，而是倾向于直解其义，例如"Dolor"译作"困苦者"而非"多洛尔"。此外，译本中有时也会同原书一样，把某些普通名词化给特定的角色专用，如"埃及人"一词在本书中专指某男性角色，在任何情况下均不解作"来自埃及的人（们）"。需要说明的是，"死亡"（Muerte）一词在本作中专指掌管梦境世界的神祇，在遇到"死亡"（muerte）这一小写的普通名词时，为了避免歧义，译者有时会刻意避免再用"死亡"二字，而是改换其他表达，还请读者留意。"生命"（Vida/vida）一词的译例同此。

本书塑造了一个母系氏族主导的世界，其间默认的当权者、在位者、神祇、主人公等都是女性。这些女性的形象并不是居于从属地位的——温柔的、驯服的、被动的、受害的、祸国的、沉默的——"第二性"的形象，而是居于主导地位的——狂野的、愤怒的、主动的、看护的、救世的、有话语权的——"第一性"的形象，她们也是故事中的叙述者、复仇者与找寻者。更加难得的是，这种"反转现实"的故事设定在摆脱了男性凝视的同时也并未落入建构"女性凝视"的陷阱或窠臼。

本书题为"梦魇世界之王"，其中的"王"（reina）在中文世界中一般会译为"女王"，但考虑到本书（乃至作者笔下的整个文学宇宙）母权制的设定（比如书中的政治身份、神力和氏族身份都由嫡长女一脉或宗族中的其他女性继承），本书的译文中原则上不会在女性角色的职业或身份名词前加区别词（如，"歌者"而非"女歌手"，"祭司"而非"女祭司"），反而会在可能产生歧义的情况下用区别词指称男性角色（如，书中用"主人"来指称当家的女性同侪之首，而用"男主人"指称她的配偶）。本书的译名也依此定为梦魇世界之"王",而非梦魇世界"女王"。书名中的"王"结合全书来看似乎更像是一种尊号而非帝制体系下最高权力者的称谓。之所以这样说,是因为书中的"死亡"与"陌生的女人"先后都被描述为梦境世界的统治者(也可以理解为,作者通过这一细节暗示了书中情节的先后顺序)。而书名中单数形式的"王",其所指应为女主人公——她是这段奇幻故事里的英雄与主角。

虽然作者本人在采访中多次表示自己的小说很难界定其类型或概括其内容,但我们还是可以总结出戈伊苏埃塔笔下常见的母题:宿命的爱恋、命中注定的人与人之间的特殊联结、人性的本质、梦的本质……此外,《梦魇世界之王》也可视作一篇寓言式的故事,作者将邂逅与重逢归因于编织者的能力,将难以抗拒的、由死的本能驱动的爱意解释为众神的意志或死亡的巫女们种下的爱的魔咒。除了宿命般的爱恋与梦的本质外,本书还是一部表达哀思与追忆的作品,作者将母亲离世所带来的痛苦分摊给了书中的角色(祭司、男主人公、困苦者等都有失去亲人的经历),从而在对原初场景的模仿与再现中稀释了丧妣之哀。值得一提的是，女主人公并没有失去至亲，这或是因为作者将自身投射在了角色身上，在小说的梦境世界里将心愿补偿，这种设计或许也暗合了弗洛伊德"梦是愿望的达成"的论断。另外，两性结合的内涵似乎也是作者想要讨论的话题：伊甸园内的亚当和夏娃食用了智慧果之后获得了"知识"，成了真正的人；书中陌生的两人也在身心完全结合后触发了大爆炸，获得了足以让世界得救的力量，成了更自觉、更完满的个体。作者对明线情节做这样的安排或许是想讨论"男女结合"即为"获得智慧"的古典隐喻，但毕竟不知是巧合还是有意为之，姑妄志之，留待读者评判。

本书是戈伊苏埃塔的处女作，但已然较为熟练地使用了各种叙事手法，建造出了一座结构完整的故事迷宫。小说的明线讲述了女主（陌生的女人）与男主（陌生的男人）在生命、死亡、巫女们的帮助下合力关闭梦境世界与现实世界之间意外敞开的裂隙，阻止梦魇进入现实，从而最终让世界得救的故事。小说的暗线则是通过祭司与埃及人之间的故事暗示了"秘密"的内容。明暗两条线拧成了一股绳，支撑起本书主体部分的所有文字。本作的故事情节并不复杂，但作者却以其高超的叙事手法将整本书写成了一个巨大的谜面，通过刻意的插叙与误导完成了对书中"秘密"的掩盖。有心的读者不妨将本书的阅读视作一场猜谜游戏：整本书及其中数个关键章节是大大小小的谜面，字里行间经常藏有关键的提示词（通常位于每章的结尾或后半段，例如"塑像""怀孕的女子""星星贴纸"等都可作为解谜的关键词，也应视作推理故事情节与人物关系时的锚点），书中最大的谜题打一"秘密"，而谜底则有关生命与死亡的存在，有关二者的后裔，有关二者与书中其他主要角色、与整个现实世界的关系。

至此，热衷于解谜又不想被剧透的读者朋友便可以直接跳过这冗长的序章，开始梦境般的阅读之旅了；而想直接"取其精华"的读者也不妨参看如下对本书主要事件时间线的梳理和转述，甚至按照时间顺序跳读本书。这或许有助于减轻在文字迷宫中走失方向时可能产生的眩晕感，也能让梦境般的宫殿与作者天马行空的想象力如长幅画卷般更加清晰地呈现在眼前。本书的主要故事情节按照时间先后顺序大致排列如下（括号中列明了对应章节的标题）：

现任祭司第一次也是最后一次参加祭祀仪式（弥诺陶之宫），在完成各项祭祀细节（公牛节）后，前往石窟拜访命运编织者（弥诺陶之宫）→九个月后，祭司与埃及人出海远行，获知母岛罹难（众生凋零如大地破碎）→二人决定前往新的目的地（漂游的神祇）→祭司沿途宣扬信仰，在到达目的地后定居，后又抛弃该地再次启程（海的另一边）→许多年后，女主人公的童年时期，她在一天夜晚觉醒了能力（当毛绒玩具有了生命）→女主在第二次入梦时与死亡直接对谈（全能的"骨头人"），并在其后逐渐掌握了在两个世界间自如穿行的能力→女主长大后的某天，男主与朋友谈心（渴望与渴求）→男女主角邂逅，世界开始得救（陌生的两人）→困苦者因母亲离世而一蹶不振，悲伤地入梦，但被叫醒（苦痛之路）→陌生的两人共舞并结合，命运编织者注意到了两人，并唱出了天使与其男友的命运（命中注定）→女主与男友分手，但并未选择与男主在一起（大爆炸之后）→困苦者第二次入梦（失控的混沌），梦魇闯入清醒世界（入侵）→生命与死亡决定让巫女们出面来确保世界得救（生命与死亡相聚之地）→歌者梦见吹笛人，续写并唱出了陌生二人的故事结局（无名女神的梦）→天使梦见二人（静默的天使）→女主决定去找男主，二人在旅店手牵手入梦（重逢），被发现后被转送至天使所在的医院（遗忘之地、前往飓风之眼），并最终在生命的巫女们的帮助下（三），于梦境世界解决了问题（世界终极之眼），世界最终得救→之后，困苦者告别了悲伤，天使得偿所愿，有了一个女儿，两对爱侣分别都生活在了一起（是结束也是开始、完美的歌）。

细心的读者想必已经发现，本书的叙述起点（入侵）几乎就是整个故事串的中位点，而其后章节中的叙事视点大体上是反复在这个中位点的前后来回摇摆的，而且在两侧都隐约呈现出由近及远的叙事顺序。换句话说，若把叙事流比作丝线，那么，这条丝线就是在随着读者的阅读过程，围绕着锚点不停地逆时针旋转，直至绕成一捆完整的线绳。线绕成捆后，故事也就讲述完毕。可以说，本书的叙事结构是"捆线式"的，或者如作者本人在多个访谈中提到的那样，是"拼图般"的。如此一来，整部《梦魇世界之王》的写作就正如命运编织者的工作：戈伊苏埃塔交汇了书中人物的命运，唱出了他们的结局。她将散落于人类历史、影视剧作、各艺术领域的蛛丝拧成一股诡叙的线绳，织就、裁剪成了一匹寓言体、自白式的叙事挂毯。从这个意义上讲，她既是编织者，又是睡梦者，既是清醒世界的神明，又是梦境世界的主人。

在翻译过程中，季劭康帮助疏通了几处原文文意，王晟对译稿的几处表达提供了有益的见解，在此一并表示感谢。此外，所有译文中的疏漏当属译者本人之失，还望读者诸君不吝赐教。

2024 年 3 月
于节园故址

001	|	入侵
005	|	当毛绒玩具有了生命
009	|	陌生的两人
013	|	梦魇的本质
017	|	遗忘之地
020	|	黑暗
023	|	静默的天使
026	|	全能的"骨头人"
039	|	命中注定
049	|	苦痛之路
053	|	歌者
059	|	大爆炸之后
061	|	想象中的朋友
068	|	失控的混沌
072	|	生命与死亡相聚之地
077	|	无名女神的梦
083	|	烟的边界

085	渴望与渴求
089	重逢
096	梦魇的飓风
100	梦的维度
106	前往飓风之眼
111	预示黑暗的鸟儿
115	世界终极之眼
123	巫女
126	弥诺陶之宫
141	公牛节
147	众生凋零如大地破碎
158	三
163	漂游的神祇
169	蛇舞
171	融合
173	是结束也是开始
176	完美的歌
182	海的另一边
197	世界得救之后
200	尾声
205	致谢

入侵

它们来了。有的发出如玻璃般细腻而冰冷的声音——那是来自彼世的尖锐异响,在神经元间蔓生,催人发狂;从另一些人扭曲的口中弥散出低语之声——这奇怪的、幽灵般的语调,是它们骨髓中阵阵轰鸣的空洞回响。不过,它们中的大多数却是在绝对的寂静中滑行,这种寂静也让它们更加可怖。它们中的每一个,都带着疑惑、愤怒,以及对消亡的恐惧。

女人蹲在玻璃窗前看着这一幕,眼中噙泪,汗毛不安地竖起,内心的躁动与好奇憔悴了她的容颜。凭借敏锐的猎手本能,她已顺着线索追踪至此,来到这些灵体的聚集之所,找到了问题的源头。这些东西已经侵入了城市,正以非人的喉舌窃窃私语。她能清晰地听见它们在齐声低鸣,发出细碎的呓语。这喊喊喳喳的声响如此骇人，如此清晰可辨——正如睡梦本身。在深渊与梦境的那头还有另一方天地，只有极少数人能在完全清醒的状态下抵达。在那里，指示我们这个世界分与秒的时钟陷入凝滞，沙漏中流动着另一个维度的时空法则；在那里，世界黑暗，人类无法理解的光亮倏地闪过永夜，怪兽卸下伪装，幽灵不再透明；在那里，另有非人的生命栖居，它们的样貌对普通人来说是绝对的禁忌。

它们，正是从这谵妄世界里来。而这世界，作为睡梦者的她又是多么熟悉啊。此度空间，普通人只有在熟睡时才能到访，因为这时他们受到无知的庇佑，不了解它正如我们清醒时行走的地面一样真实。

而睡梦者们知晓梦境世界的存在，也能自如地在梦与醒之间穿行。因此，他们时常担心眼前这一幕的发生：在此世与彼世之间，一道门径自打开，梦魇穿梭而来。

女人看着它们拖着轻飘飘的身体在大街上穿行，而行人的双眼"太过清醒"，什么也看不见。他们对自己的处境浑然不知，这让她不由得想起刚与梦境世界建立起联系的那些日子。那时她还很小，无法理解能够在世界之间穿行并随意停留到底意味着什么。不是她选择了穿梭者的身份，是身份选择了她：某天她突然发现自己能够自由进出常人只以为是梦境的世界，这世界里有些东西也有穿梭的能力，仅此而已。它们有的友好，有的善良，有的好奇与冷漠参半，但另外的那些……相信我，你不会想知道的；因为知道以后，你将永远不得安宁。在这方面，知识和恐惧一样，都没有回头路可走。

她是科幻作品的爱好者，此情此景让她想起末日题材的影片中常见的情节。她不住地想，眼前这一幕真称得上是"现实比科幻更科幻"了。眼前的末日之景像一块石头压在她胸口上。为了缓过气来，她开始幻想一朵粉色的云，巨大的云朵拖起补给舰和移动的城堡，在天空之上遨游。硕大无比的、奇妙的云彩，引人无限遐思，就像棉花糖——如此美丽，美得太过无辜，美得与此刻汩汩涌起的地狱之息格格不入。她眺望开去，目光消失在远方，那里高耸着一座座电视塔。她于是望见未来，那时梦魇肆虐，地狱之风不止，电视塔巨大的身躯将在遗忘中腐朽，在凄风苦雨中追忆尘封的文明。而钢铁之躯本身可能也早已不复存在——彼世的噬铁者胃口如饕餮。她看见这段想象在头脑与现实间逐渐成形，犹豫着自己要不要去拯救它。

她焦急地等待他来接她，等待他来一起对付这些生物。她盘算着下一步该怎么做，该如何解决眼前的难题。她分析起入侵者的弱点，思考要怎样组织进攻。她也暗犯嘀咕，为什么这次来了这么多，但最终也没想出个所以然来。直觉告诉她，解决方案不在现在这个世界。

当毛绒玩具有了生命

不管过去多少年，她都记得在清醒世界遇到第一只梦魇时的场景，一切仿佛就在昨日。总有些事叫人永不能忘，如同神经里的刺青：事件的冲击力如同尖针刺入颅内，将陌生之物、不速之客、可怖之影的浓郁色彩文成无法抹除的图案，让记忆永生。

事情发生时她还很小。在母亲每天例行的晚安吻后，她习惯在漆黑的房间里偷偷地看会儿书。她时常如痴如醉地捧着书本，沉浸在曲折离奇的故事里，一看就是好几个小时。因此，她常常怀疑那件事发生时自己到底是睡着了还是醒着。有时候，随着时间的推移，记忆会蚕食我们的回忆：恰如其分地歪曲事实；用虚构的丝线勾勒出精美的刺绣，掩盖真相，却遮不住事情的本质。于是，与本质有关的回忆就留在了那里,清晰可辨,如同她刚喝完的那杯咖啡的苦涩味道,亦如那时房间里的孤独,和她隔着被子感觉到的那不合常理、令人恐惧的重量。她害怕看见不该看见的东西,但好奇心最终占据了上风,于是把眼睛张开一条缝——只见一只毛茸茸的大黑爪从床底探出来,裹住了她幼小的身体,但却没有伤害她,甚至动作还带着几分温柔。她觉得这很像是一只毛绒玩具的爪子,但却异乎寻常地大,而且从尖利的指甲看来,爪子的主人似乎并非想和她玩过家家。爪子发出强烈的气味,有点像狗身上的味道,但更加难闻。这不可能是梦,也不可能只是想象:它太生动了,而且它温柔的动作和它凶恶的外观完全不符。她很害怕,但更好奇。这种实体平白无故地出现在她的房间里,简直是天方夜谭,也和大人们的说法相矛盾:他们总是说,世界上哪有什么妖怪呀。而现在,毋庸置疑的是,怪物确实存在;她年幼的、没有任何思维定式的小脑袋已经决定要接受怪兽的存在,接受其他大人努力视而不见的东西的存在了。

她从不是个怕黑的孩子。对她而言,黑暗散发着禁忌的魅力，隐藏着探险者渴求的秘宝之壤。和其他孩子一样，她也对怪兽的存在坚信不疑，不同的是，她觉得"怪兽只会在夜里出没，只要有光就会消失"的说法不合逻辑。不过，她的那次经历也无法否定这一传言，因为巨爪出现并压上她的肚皮时，时间恰巧是夜晚。

随着一阵轻微的战栗，女人回忆起了那一刻在她年幼的脑海里闪过的千万个念头。孩子们有自己的办法对抗出现在黑暗里的怪兽。最常见的一种就是把头埋进被子里，用撕心裂肺的尖叫把父母叫来。这种看似无厘头的办法却往往能奏效，这是由于黑暗中的巨爪有着睡梦的本质：尖叫过后，孩童苏醒，怪兽之前穿过的梦境之门关闭，于是"梦魇"终结。但是，在那个时刻，女孩觉得逃避和惊叫都不会有用。她确信压在身上的这种力量不会如此轻易地消失。

不知怎的，她发现自己能将内心滋生的愤怒与恐惧汇聚在一处，倾泻出来，化为驱逐阴险来客的利器。她第一次感到内心那股席卷一切的憎恶从胸口迸发出来，灼人如烈火。霎时间，她小小的身体化作了能量的源泉。她没有张嘴,而是在头脑中与怪物谈判,告诉对方自己比它强大得多,如果对方再不走,她就不客气了。于是,黑暗中的存在消失了。它溜走了。它无声地来,无声地去,竟像是从未出现过一般。但它的重量还是在被子上留下了压痕,成为到访过此处的铁证。

后来她才知道,使用意念之力与"梦魇"作战正是"睡梦者"最具标志性的技能。除此之外,睡梦者们还能看到可感世界之外的东西。此刻,她正是靠着这种能力监视着这些侵入我们世界的存在,并开始调集手边的所有作战资源。梦魇又一次在这个世界出现,而这一次,它们不怀好意。

陌生的两人

  他们相遇的那一天，生命的华章里奏起插曲。他们发现了彼此的存在，从此改变了人生。从一开始，他们就感到脊椎里似乎有电流生发出来，在空间中延展，直抵对方的躯体，将彼此的思想融合，一同飞往无限。从一开始，他们就意识到彼此在时空之外的联结是多么牢固，多么难解难分；他们下意识地想要否认这种关系，但终于还是攀谈了起来。

  女人的手间握着杯子，咖啡冒着热气，氤氲了双眼，放逐了思绪：她想到此刻她是多么需要摄入咖啡因，想到眼前这杯精心准备的黑色液体，如此馥郁又如此酸苦，想到眼下种种。第一口啜饮有如吸血鬼干渴喉舌里的一滴血，带来苏醒与生机；灵药滑行至中庭，汇入气海，溅起的涟漪往四肢百骸蔓延。她独自一人坐在咖啡店的角落,观察着周遭,手边是一本乏善可陈的书,她有一搭没一搭地看着,在百无聊赖中打发时光。音乐充斥着拥挤的咖啡馆,此时店里的每一张桌子都坐了人,所以与其他顾客拼桌也就没什么好奇怪的了。这时,陌生人来了,在她对面坐下。仅一眼她就感到了那种强烈的张力,这感觉如此恼人,竟叫她分不清是心动还是抗拒。有时候,强烈而突兀的感情骤然降临,反叫人生疑。一切能带来深刻影响的事物都令她畏惧,至少一开始是这样,而之后,她便能在头脑中重新定位这些事物,并建造新的空间去处理它们。此刻,几秒过去了,男人已经在她脑海里占据了一席之地。而这,无疑有着重要意义。

女人的双眼隐匿风暴,聚集于蕴含火焰的琥珀瞳仁。他感到星体的运行于此刻全部静止,感到了"原力的大幅扰动"。

第一次在《星球大战》中听到"原力"这个词的时候,他还是个孩子。"原力是绝地武士的力量来源。"这个说法让他立刻联想起自己从未与人分享过的秘密:那是他的心事，是他竭力对父母、兄弟、朋友隐瞒的能力，也是他在夜里能与各式各样奇朋怪友一起旅行的原因。从那时起，他每次旅途的出发点——他万变的思维弹簧——就变成了"千年隼"号的模样，他的"怪兽伙伴"也成了丘巴卡的样子——狗头人身、全副武装。成年之后，这两个形象也未曾变过。

如果他选择用这个秘密来搭讪，她肯定也是能理解他的，虽然他们俩的"怪物朋友"和旅途出发点都不尽相同。她的联想更具孩子气，因为她更早地掌握了自己的能力。彼时的她感兴趣的是热爱冒险的维京人的漫画形象，是史前人类、飞碟与机器人；她对死亡的印象则是会说话的骷髅女士。如果命运再给她几年平静的无知时光，她也很有可能会选择乘坐"千年隼"号航行，或者在 R2-D2 这样的日式机器人的脑中开启旅途……

而此刻，陌生的两人四目相接，默默不语，一眼万年。言语是多余的，他们只需在彼此的眼眸中深潜，探寻那彼此都知道必将存在的东西：氪星石，让他们既强大又脆弱的神秘物质。他们找到了彼此的氪星石，于是世界有了声音,整个咖啡馆都沉寂。霎时间,万物静止,宇宙消失,唯余人声响动,震颤彼此的身体。欢愉的声浪缠绕着神经网络,在肌肤上画出波纹,血液于静脉与动脉中鼎沸。彼此的凝视落在对方的眼眸里,枝叶参天。胸口传来一阵瘙痒,心尖泛起涟漪。

"你好。"陌生的他说道。

"你好。"陌生的她回答。

于是,世界开始因数月之后的某件事而得救。

梦魇的本原

对于我们这个世界的居民来说,梦魇居无恒态、行无定踪、变无常法,如此种种特性决定了它绝对无法预知。它们正是所有陌生之物的本源。人类有望部分控制它们对我们生活的干涉,但想了解它们则无异于痴人说梦。

梦魇不是亡者饱受折磨的魂魄在生者世界的显灵,也不是某地发生的神秘事件于此地的复现,更不是星象于地面的投影或思维在物质世界的具象。梦魇与波尔代热斯现象[1]无关,与恶魔、外星生物、吸血鬼或其他非人的存在也没有关联。实际上,梦魇比这些存在要复杂得多。显而

---

[1] 波尔代热斯现象:一种神秘现象,通常表现为自发出现的声音、物体移动等现象。

易见的是,梦魇从别处而来,从另一个世界而来,那个世界与我们的世界共存,彼此保持着密切的联系,频繁地互通有无。彼界的居民,虽然形态千奇百怪,但无疑都与我们紧密地联系在一起;它们要么是对我们这边的人或物有着感情,要么就是需要人类的情感才能存活。

彼世亡魂永居,它们曾为芸芸众生,一度据有形体。这之中有一类我们称为"幽灵"的存在会不断返回生前的世界。它们这样做或是有感于自身的残缺,或是仍有身后事未了,或是对故人、故土仍心存眷恋。不过,幽灵并非当前的问题——睡梦者能够辨认出它们来,也很擅长和它们打交道;眼下即将带来灾难的,是梦魇。

描述梦魇并非易事。它们由一种难以言说的材料构成,这种材料缥缈空灵如梦,坚韧牢固如其肌理中本有之狂热。梦魇只能在某种我们不甚知晓之物与人类思维的交合中诞生,而我们的思维远比大多数人想象的更强大、更多产、更复杂。梦魇一旦被创造出来,就会成为实体,独立存在。梦魇不总是坏的,它们作恶也并非成心。有时候,邪恶不过是其本质的一部分。实际上,它们的胃口如饕餮,强烈的原始欲望驱使它们进食，其"食谱"中的"原料"也就塑造了它们各自的特性。

睡觉的时候，我们能够变化为天体的形态，跨越此世与彼世的界限，这一行为就是我们俗称的"做梦"。做梦的时候，清醒世界中惯常的方圆化为齑粉，别样的力量成为主宰，其中的有些力量，在我们这个维度的人看来，纯粹受制于混沌与随机。此时，我们能够与其他做梦的人互动，能够凭借自己的思维创造出任何东西，而且常常能够与彼世的原住民交流。此处，是所有可能性的发端；于是，在与任何一种梦魇原型——多态、千面的原型——的结合里，梦魇诞生了。

大部分的梦魇都没有超群的智力，也不会想要离开自己的世界，或者只会偶尔产生离开的念头。那些明确想要离开的梦魇，通常是出自思维力特别强的人类之梦，拥有更加果断的决策能力和实存的形体，能遵循一定的逻辑与其他生命交谈。当这类造物跨越虚实的边界时，往往都已经有了明确的意图。

丰富的经验让睡梦者们对这类梦魇的本质了如指掌，

他们也懂得要虚心承认,正是人类本身——尤其是他们无法满足的欲望——催生了这种梦魇。睡梦者了解梦魇的本质,因而能够在它们惹出麻烦时出面控制局面。

遗忘之地

医院四楼的某处，万籁俱寂，只有呼吸机和监护仪滴滴作响，不时地打破笼罩在空气中的死一般的寂静。这里没有人看电视，没有人敲键盘，没有人低声打电话，也没有人在病房厕所里偷偷抽烟。缺少言谈的氛围渐渐凝结成无形的胶水，封住了护士们的唇。这里如此沉默，连脚步声都显得刺耳，护士们也都拖着软底鞋像溜冰一样在地板上滑行。

医院里的人私底下管四楼叫"储物层"，这个残酷的名字完美地描述了这层楼的功能："储藏"还没死去但也不算活着的病人。在储物层中，还有一块更令人不安的区域：遗忘之地。这里躺着两种人：一种已经陷入昏迷数年，没有访客，也无人挂念；另一种在重病下进入诱发性或非诱发性的植物状态，很容易在与外界的接触中面临感染的风险或其他问题，所以不接受探访。

有一位安静的天使在遗忘之地工作。她在医院中找到了这片净土，这里一切安稳，正是她完成护士使命的理想之地。极少有梦魇搅扰此处的宁静，这说怪也不怪，因为昏迷是更深的梦，苦痛在其中也变得更加平和，不足以成为梦魇的食物。她看不见梦魇，却能感觉到它们在持续产生或正面或负面的能量。幽灵则不同：她能清楚地看见幽灵，就如看见人类那样。不过，虽然幽灵是医院的常客，心怀眷恋的在此等候着为临终的亲人引路，不能接受自己死亡的在此进行着最后的徘徊，但遗忘之地并非它们最常到访的地方，这或许是因为这里少有突发的死亡与意外的离世。

这里死气沉沉，充斥着病痛与痴呆，有许多东西都被吸引而来。对于那些能够看到、感知到几乎所有这些东西的人来说，待在此处就不可能保持平静；尽管这些东西在大多数情况下只是出于好奇或是为了完成某种任务才会前来，尽管它们之后就会离去，很少惹是生非。

遗忘之地的安宁已然庇佑了她多年，但现在，宁静似乎正在消失。天使明确地注意到了这一点。她感觉到有东西在改变，感觉到一种难以言表又迫在眉睫的危险入侵了她的身体，从发梢到脚尖。奇怪的事在世界的另一面发生了。虽然她不像睡梦者一样能够在清醒状态下造访彼界，但直觉告诉她，彼界必然存在，否则幽灵就无所从来，否则梦境中的情景就不会如此真实。

在惴惴不安之间，陌生的两人来了。有人在一家廉价旅舍的房间内发现他们并排躺在床上，十指紧紧相扣，没有人能把他们分开，也没有人能认出他们是谁。他们僵硬得如同会呼吸的雕像，看上去已经死亡，但毫无疑问仍然活着。他们庄严的面容和蒙娜丽莎般的微笑传递着宁静，也透出一丝紧张，而紧握的双手则无疑将彼此的爱意昭告天下。在哪怕并非天长地久的"活着的死亡"中仍然双手紧握，不离不弃——这世上还有比这更浪漫的事吗？他们就这样在遗忘之地待了几天，由天使和其他护工们悉心照料、喂食。在这对特殊的情侣面前，所有人都难掩钦羡的神色。

黑暗

有的人，内心包藏了太多黑暗，行走时都会渗出苦涩的脓水。有的门，不应当让这类人跨过——除非他们有去无回。

而称呼自己为"困苦者"的男人正是这类人。他的故事与其他悲惨之人的一样，满是灾厄缠身、时运不济、沉浮坎坷。这样的人生，无非是以不懈的斗争换取片刻的安宁，而在这片刻的安宁里，仅仅是没有更坏的事发生就能让周遭一切所带来的恐惧稍显缓和。有时候，生命的路途如此险峻，充满波折，只有全力以赴才能从黑洞逃逸。每一步都如此沉重，缓慢地、笨拙地向前，如同失重的宇航员步履维艰。几乎每个人都经历过这样的时刻，但有的人会和困苦者一样，无法克服逆境，从而陷入永恒的麻木之中。这种死气沉沉的抑郁状态，随着时间的推移无限延展，笼罩在这些人身上，经久不散——他们被压住了胸口，却还能呼吸，最终认为这种麻木是内心生长出来的，是再正常不过的。但对困苦者来说，问题远非如此简单，因为他的一切都和他们不一样：他是特殊的人，是混沌者，是无人引导的，很大程度上还没有意识到自身能力（那异乎寻常的思维之力）的睡梦者。任由这种力量毫无规则地流动是危险的，而他对自身天赋的无知并不能阻碍这股力量自我运行。他的欲望不受任何约束，在意识之外行事，因此常常会造成他无意造成的伤害，或许也为他造下了恶业，决定了他的余生。

所有的特殊能力者，不管是睡梦者还是混沌者，都拥有与生俱来的力量，能够完成非凡之举。他们不仅可以前往彼界，还能在此间看见彼界的来访者。人类思维创造出的物理法则在他们来回穿行的世界里并不存在，他们的思维也在来回穿行中得到锻炼，日益强大。而混沌者也是特殊能力者。虽然他们中有的人不能时刻保持对自身能力的自觉，有的人在缺乏引导的情况下需要多花一些时间才能发现自身的能力，但是他们都是知道自己周围有"事情"发生的。有时候他们能猜出他人的想法；有时候他们能猜到东西自己移动的灵异事件或许和自己的压力水平有关……如此种种"灵异现象"让他们或多或少也猜到了几分。

几乎所有"具有特殊能力的睡梦者"都是凭借直觉一点点学会如何掌控自己的能力的。除此之外，死亡也会派出引导者，以他们不易察觉的方式帮助他们理解自我，理解自己的角色与职责。不过，引导者不能够使用明确的语言进行引导，因为这样会影响他们的自由意志。这就是宇宙的秩序，这就是宇宙的平衡——由总是处于裂隙边缘的各种力量组成的、不可能的平衡。

而那些"具有特殊能力的混沌者"则不然：他们没有引导者来指引他们，因而其不可控的特殊能力就变成了潜在的危险。困苦者就是混沌者之一，他深潜于内里的幽暗，于世间行走，体内的力量翻涌起伏，随时可能失去控制。

静默的天使

天色暗了，非常暗了，遗忘之地的寂静也比往日里的更添了庄严。寂静如此浓郁，几乎可以用小刀切开。天使此刻正用小刀切着苹果，苹果和白雪公主吞下的毒苹果一样红。寂静一直在持续，邀请人在自我中深潜，凝神静思。此刻，她确实有许多心事要想。她发现这两个陌生人散发着特殊的光芒，这光芒只有她能看见，就像两人十指间有爱的能量在流动，这能量也只有她能感受到一样——她因此确信他们深爱着彼此。而即使他们并未十指紧握，她也是会知道二人对彼此的心意的——不知为何，她好像注定要知道这一点。在两人入院前，她就已经梦到过他们好几次了。那是奇怪的梦境，梦里她被告知未来的某天将由她照料两人的生活，她的使命就是帮助他们。她还梦到他们两人必须共进退，因为很多事都要取决于他们的联合。梦醒时分，想到这两个陌生人，她脑海里就总会浮现出一个三角形。三角形的其中一个顶点——她——照看另外两个，如同守护天使。但此前她都只当那是梦，因为自己无法确认那对恋人是否只是自己无意识间幻想出来的角色，没有证据证明他们真实存在。

而两人被带到医院的那一刻，她立马认出了他们，并被深深地震撼了。他们的存在证明了自己的梦不只是梦。除此之外，还有另一个耐人寻味的细节：他们到来之后，她近来的烦恼与忧虑得到了缓解，就好像他们身上发出的柔和的、温暖的光线能驱散她心灵的阴霾。

今夜，他们入院就满两天了，她多排了几次班，好亲自照看他们。遗忘之地毕竟是她的地盘，没有人比她更懂得该如何照料这对特殊的爱侣了。她觉得自己与他们的关系十分紧密，宛如生生世世的故交。普通人想到这里一定会觉得自己疯了，但她可不是普通人：她深刻地了解梦的奇异本质，因此愿意遵循内心的声音，守护这段可能不属于此世的爱情。

她坐得离两人很近，要是他们现在醒来，一定会觉得她侵犯了他们的个人空间。最后一轮药已经喂完好一会儿了，总是很晚才吃的晚饭现在也已吃完，此刻，在这个病人从不提要求、护理工作也不繁重的地方，她乐得清闲。在这样的夜晚，她喜欢坐到被遗忘之人身旁，和他们说说话，给他们念念最近在读的书。她知道，他们的思维虽然有一部分滞留在了遥远的某处，但仍另有一部分长存此间，所以他们才会陷入无尽的梦，无法逃离。尽管她是护士，或者说正是因为她是护士，她才知道医学远不能解释人体内所发生的一切，更别说要解释人的灵魂了。

她确实知道医学的局限。此时她正坐在陌生的两人的身旁，出神地看着他们体内发出的光，又伸出双手将那光芒抚摸。天使静默不语，陷入了沉思。

全能的"骨头人"

斗转星移，旧日诸神随着科学的兴起受到致命的打击，逐渐坠入遗忘的泥潭。没有了信众的膜拜，他们失去了神力；少数未被完全遗忘的神也日渐沦为不可思议的奇幻故事里的配角，被附会成脾气古怪、不可理喻的不死不灭者。在历史的长河里，只有两位女神从未被遗忘，一直以来供奉不断，受世人爱戴、敬畏——她们名为生命与死亡。在我们世界的每一个角落，人们无不在以这样或那样的形式盲目地崇拜着她们；虽然祭祀的仪式各有不同，对其形象的描绘也变化万千，但她们的实质从未改变。正因如此，她们的神力从未消减，各自所管辖的世界也秩序井然。

死亡很沮丧。她的女孩，她小小的人类，背叛了她。这是女孩第一次前往另一个世界，她牵着陌生男人的手径直向前，没有拜访死亡的居所：这是没有墙壁、绝对黑暗的房间，由死亡在几年前凭借女孩的想象力建造而成，屋内只有一张书桌、一把椅子、一盏台灯和几片发着荧光的星星贴纸。房间是死亡用来存放骨身的地方，更是小女孩到访梦境世界时的会客之所。而这次，女孩没有登门拜访，她因此痛苦地呼号。除了呼号，她别无办法：她爱女孩，她是女孩的一部分。在死亡看来，女孩如此强大，唤起了她许多遥远的回忆，让她觉得自己被驯服了——虽然她很清楚，女孩这样做是无心的。

死亡清楚地记得第一次看见她时的场景：那时她刚立起两座一拃见方的土台，长长的马尾辫梳得很漂亮，乳牙小小的，手里拿着的两个波板糖大大的——啊，她让死亡想起另一个孩子，她俩多么像啊！她追着一只巨大的"动物"一路来到这里，那东西张着血盆大口，涎水横流，獠牙外露，而她看着小女孩在无形巨怪面前的表现颇感自豪，因为这东西正是她派去训练女孩的。女孩的内心藏着许多黑暗，也藏着不少智慧、力量和秘密，所以她的怪物才会外表如此可怖。而且，她也不缺少勇气，这是显而易见的。她能来到此处正是因为她敢于追踪那家伙留下的痕迹，而她乳臭未干的牙齿上残留的血迹和毛发也证明了她的胆识。显然，这段时间以来她对怪兽的控制力与日俱增。

自从第一次见到怪兽以来，女孩的改变就开始了。她每天都在变得更强，更果决，更无所畏惧。生活中满是可怖之物——这一认识给了她当头一棒；这些东西不被世人承认，但却真实存在，对她紧追不舍，又远比她能寻求到的任何帮助都更强。于是，"万事只能靠自己"的坚定想法逼着她向前：她的能力突飞猛进，感官也变得异常敏锐，周遭的一切都难逃她的五感。总而言之，她正在积极备战。

这些天里，她形成了将伴其一生的人格特质：在面对敌人与困难时会焦躁不安。这点就算在成年后，在染上拖延的毛病后，也未尝得到改善。一旦遇到令她急眼的事，她就会在这事演变成真正的烦恼前主动出击，诚如她对这只在床上发现但无人相信的怪兽所做的那样。自那天起，她开始拒绝在夜晚入眠，取而代之的是，她会藏身衣柜之上，整夜整夜地埋伏着，等待着敌人到来，宛如在瞭望哨上巡视着床铺各处的卫兵。她伏卧在大型毛绒玩具和先前装清洁剂现在用来装积木的纸箱后面，手拿弹弓，任由时光流逝，众人昏睡，静静地等待怪兽再次从床下现身。她已做好万全的准备。她知道那怪物一定会等她睡着之后回来抓她，所以早就在床上精心摆好了枕头当作诱饵，等怪物一出来，她就会从上方发动攻击，用弹弓把她攒了好几个礼拜的石子全部发射出去。她会像平日里那样弹无虚发，这是她在与附近的坏孩子们大大小小的战役中练就的本事。

尽管做了那么多准备，但事情发生时她还是被打了个措手不及。那时她还躺在床上，母亲刚来给她盖好被子，睡前还给她喝了一杯加了蜂蜜的热牛奶——都怪这杯牛奶，让她有了睡意，放松了警惕。她睡着时，黑暗中满是闪闪发亮的小星星，她和父母躺在花园里时，夏夜广袤无垠的天空里也是这般繁星点点。她开始变轻，轻到风儿一吹就把她吹出了天花板装饰着星星的房间，她一伸手就摸到了虚空特有的那种绝对的黑暗。于是，她回到了那个世界——很奇怪，她觉得自己似乎也回到了自己的房间里。

首先苏醒的是嗅觉——强烈的气味撞击着鼻腔，直抵大脑中央。几乎同一时刻，触觉也苏醒了——怪物的热气抚上了她的背。她转过身去，在那里，她见过的那只巨爪凭空出现，这次连在了和它同样巨大的主人身上。虽然手里没有武器，但她可不打算轻易认输。勇气是战胜比自己更大的东西的唯一方法，尤其在你手无寸铁时更是如此。她想起自己的超能力，那晚她就是靠它才让巨爪消失。来不及细想，她凭着直觉用尽全身力气往怪物身上咬去，咬得它鲜血直流。出其不意的进攻让眼前的活物退了回去，她趁机质问它是怎么进来的，还有没有同伙。怪兽发出低沉的嘶吼，做了个手势让她跟着走。她同意了，但开出了自己的条件：

"这里我做主，恶心的怪兽先生。你要带我去你的老巢，还要走在我前面，这样我才好监视你。要是让我发现你搞小动作，我就在你身上咬一千口，让你永远好不了，好了也会继续痛！"

怪物没法说话，但能用心灵感应和她交流，它用这种方式让她跟自己继续往前走。女孩知道，在接下来这场计划之外的旅途中，要想自保就必须先弄清楚这个东西的老巢在哪。而现在，她自觉已经掌控了局势。别看她小，她的头脑可是和城里的麻雀一样灵光呢！

女孩与怪物来到了死亡的巢穴，那里除了现有的一切之外，再无他物：一具有着女性声音的骷髅、一个小女孩、一只怪异的生物，周围是黑暗的虚空，被荧光纸做成的星星划破，这正是小小的勇敢驯兽师最喜欢吃的小圆面包包装纸里附赠的同一款星星贴纸。

是时候揭晓真相了，死亡想直接进入主题。怪物在场也没有关系，因为它已经知道了应该知道的一切，更因为说到底它毕竟也是它小小"母亲"的一部分。

一根骨指，修长而纤细，指向女孩的胸口。

"你咬伤的正是你从自己的恐惧与黑暗里创造出来的生物。这一点我很满意。你很勇敢，也很厉害，小小的人儿啊，不过我们还得对你的潜能再做些什么才行。"空洞的、不真切的声音如是说道。

女孩的舌头轻轻滑过沾了血的下嘴唇,之后什么也没说,又舔了一次,陷入了沉思。她品尝着这种奇特的铁锈味,无动于衷,甚至隐隐有些兴奋。

看到这一幕,死亡暗自高兴起来,一阵轻微的震颤传遍了她的骨身。眼前的小女孩虽然面容天真无邪,却比怪物还要可怕。

"你在说些什么呢,骨头女士?怎么可能真的是我创造出来的呢?我最多只会把它们的样子用笔画出来或者用橡皮泥和黏土捏出来罢了。这只长了毛的怪东西可是真的到我房间里来了,还来了两次!所以我才逼着它带我去它老巢的。它是你的吗?住在你这里吗?它算是你的大宠物吗?你不是死了吗,为什么能说话?骷髅不应该是死的吗?这一定是梦,所以才有这么多怪事!我马上就会醒来,你会消失不见,我也会回到床上。"

"不,不是的,小人儿,你弄错了,虽然很相像,但严格来说,这里并非梦境。这里是魔法之地,你可以用想象力创造出新的东西来,就像你在画画一样,只不过画出来的东西有可能变成真的。你慢慢就懂了，和学着玩游戏是一样的。一开始总是复杂的，之后自然就会记得游戏怎么玩了。不是吗？等你学会以后，肯定会经常想过来找我玩的。"

女孩想了一会儿。她咬了咬右手拇指，然后开口说话——回音在骷髅女士与墙壁之间回荡，终于穿过了不存在的空间分界，直抵宇宙。

"我要管它叫'怪物'，这就是它的名字了，骨头人。既然你说它是我创造的，那它就是我的了，我有权给它起名字。你听好了，我不怕你。它的爪子和尖牙都不能伤害我，那你肯定也不行，你只不过是一堆骨头而已。你要是逼我动手，我就会像怪物第一次来找我的时候那样让你也消失，或者直接把你的骨头踢断，我在森林看到动物的骨头就是这样踩碎的！"

说着，女孩用力把脚踩向地面，又来回碾了几下，好像真的在践踏地上看不见的动物骸骨。这是她下意识的动作，为的是证明她所言不虚。

自那一刻起，怪物就成了"怪物"，死亡也有了两个名字："死亡"与"骨头人"。

女孩不知道自己面对的是谁：她是死亡，全知全能、不可战胜的神，令人畏惧的生命收割者，镰刀的祖师，彼界绝对的王。能与之相提并论的只有生命——她的姊妹，她的反面。死亡喜欢她表现出的强势，这也是她想让女孩到这里来见一面的原因。她想要复制她的超能力，她需要很多像女孩一样的士兵来控制她的世界，处理逃走的那些东西，并弥补这些东西在生命的王国里造成的恶劣影响。

全能的"骨头人"无意指出女孩的错误——没人能杀得了死亡。这个细节她打算之后再说，现在，她想，不如让女孩好好体验一下这个世界，探索它的奥妙，在其间遨游，爱上它，想一千零一次返回它的怀抱，直到它也变成她的世界。

"好吧，我把怪物送给你。你创造了它，给了它名字，现在我要让你对它负责。"死亡如是说道，"它就是你的'大宠物'了，在你想回到我的世界时，它会陪着你旅行；在你的世界里也是，它会时刻留心你的安全，保护你不被其他的怪物所伤。但是，你必须对这一切保密。你不能对任何人提起这个地方，我、怪物、你在这里看到的其他任何事都不能说出去。能做到吗？"死亡的声音从空空如也的骷髅头里响起，好似一阵微风的呢喃。

死亡想赢得她的好感，为此，把那个散发着恶臭的邪恶毛绒玩具送给她实在是最有效的办法了。女孩在这东西面前总会觉得很安心，因为它正是她身体里，连她自己也未成功驯化的，至恶、至暗的那部分的化身。

"好的，骨头人。我也不想再有其他怪物来打扰我。那就这么定了。"女孩张开自己的手掌。

"那么，欢迎来到我的世界。当然，这世界也属于你，从现在开始我希望你逐渐领悟到这一点。"死亡回答道，伸出骨爪与稚嫩的血肉之手击掌。

死亡打开了一扇此前并不存在的门，这是她用其中一根骨指在墙上画出来的。门的另一侧透出暖黄色的温馨灯光，打破了此间的黑暗。女孩往前迈了一步，又迈了一步，再迈了一步——她被这扇门吸引了。回过神来之后，她发现自己已经和怪物一道，处在美丽而怪异的境地之中：依景致看，她们确乎是在田野里；但颜色却不像是在野外，一切都带着温暖而浑浊的暖黄色光泽，好似整个世界都被放在了老式聚光灯下。她回头看去,门和墙壁都已消失不见,了无踪影。她看向近旁,怪物也已不在。不久的未来,她才会学到这一点:她的能力之一就是随心所欲地让东西出现或消失。但此刻她并非孤身一人:一个青年正踏着青草间的石子路向她走来,这路和她家花园里的那条如出一辙。男人在她身边停下,嘴角带着微笑,双眼满是欢喜。女孩的心跳漏了一拍,她不知道他是谁,但却感觉无比亲切。

"你是谁?"女孩问道。

"你知道我是谁,你只是忘了。我到了天上以后,总是关注着你。你在床脚下见过我很多次,我守护着你的梦境。现在是你到我这里来了,我亲爱的'小蚂蚱'。"

"我不知道这是在哪里。我什么都不知道。我觉得我一定是在做梦吧。我刚才还在咬一只怪兽,还和一副骷髅说了话,而现在却在这个奇怪的地方和你说话……我觉得我确实认识你,但是不知道你到底是谁。"女孩边说边不耐烦地扭动着手腕上塑料珠子做的手镯。

很快,她就意识到自己的确戴着手镯,于是觉得应该把自己的舞鞋也穿上。她的小小舞鞋是红色的,装饰着白色的圆点,有着大女孩才能穿的高跟。她母亲只有在她要参加化装游行时才会允许她穿上舞鞋,扮成吉卜赛舞者。要是让她自己做主,她一定会一直穿着它的,因为谁都不知道,这双鞋是她的魔法鞋。只要穿着它,她就几乎不可能被打败。她只是动了动念头,舞鞋就出现在了她的脚上,如此闪亮,如此耀眼,好像新的一样。一切都不合逻辑,但没关系,因为她已经开始觉得,所谓逻辑,其实也没有那么重要。

"你看到了吗?我的鞋子突然出现了!"她兴奋地喊道,"我就说嘛,这一定是梦!"

"梦和现实一样真实,你会明白的。虽然这里的东西还有些不同。要留心你想要的东西,更要留心你梦到的东西。现在让你明白一切还为时过早,不过总有一天你会明白的,命运已被写下。我会守护着你,直到这一天到来。现在,我该走了。"

他亲吻了女孩的额头,沿着小路走远了。接着,女孩家中的墙壁倏地从小路两侧隆起,挡住了一切。

女孩睁开双眼。她躺在床上。没有暖黄的光线,周围很暗，只有一小束阳光从百叶窗的一道口子里挤进来。门的另一侧传来母亲每天凌晨都会听的电台节目那几乎微不可闻的声音。她下了床，穿上鞋，走到母亲的卧室。父亲已经去上班了，母亲陪他用完早餐后回床睡起了回笼觉。天有些冷，她在母亲身边躺下，蜷缩起身体。她很喜欢母亲的气味，喜欢待在她身边，世界上再没有比这更让她安心的地方了。

"你做噩梦了吗？现在还很早呢，还有一个小时才上学。来吧，在我这里睡一会儿吧，我替你看着时间。你偷吃点心了？这样可不乖哦，妈妈不喜欢。你下巴上还留着一个小红点呢，嘴巴上也有一个。来，我给你擦一擦。"母亲用世上最甜美的声音说着，拿出一条绣花手绢，用口水濡湿，给她擦脸。

接着，女孩睡着了，这次她没有再去任何奇怪的地方了。她只是熟睡着，好似漂浮在胎盘里，如此舒适，能将世间所有灾厄与危险隔绝在外。

与此同时，死亡隐藏了自身，也在悄悄地守护着女孩。女孩俘获了她无形的心。

命中注定

　　陌生的女人跳着一支慢舞。她的身体轻轻摇摆，伴着从昔日妓院改建成的歌厅的舞台上传来的音乐声。灯球是水晶的银色，也在缓缓地旋转，洒下一片片蓝色水滴，在瓷砖铺就的墙面上下起光的雨。这气氛奇异、诱人，脱离了时间，唯有歌者的声音无处不在。

　　陌生的男人在她身旁，但和她保持着一定的距离，好欣赏她的美。他醉心于眼前的景色，她身上所有的不完美在他眼里都如此动人——只因那是她。他还从未有过这样的感觉。

　　舞蹈是另一种思考。她将身体抛给音乐，思绪也飘到一个遥远的角落，那里万事万物都是相对的，所有附属的东西都被抽离。她感到恐惧，深深的恐惧，强烈又黑暗，浓郁、阴冷、凄凉,将她淹没。那个陌生的男人占据了她的心。这一点,尽管她从咖啡馆那决定性的邂逅开始就一直试图否认,但毫无疑问就是事实。她当然很喜欢她的男朋友,在几年的相处中他们一直是朋友、同谋、伙伴,但他从未像那个陌生人一样,能牵动她的心绪与愁肠。实际上,除了陌生人以外,还没有谁做到过。她的思维和陌生人的思维共存共生,她终于找到了能理解并欣赏她的奇怪,和她有着同样的思维方式的人。

或许不该再次相见,可是……他们竟然在同一个城市,难道真是天赐良机?难道真是命运的安排?

跳啊跳啊,时间被拉长,她躲进自己建造的虚幻的泡泡中,确信他不会打断自己的舞步。她注意到男人正看着自己,目光像细羽的末梢扫过她的肌肤,激起电流与花火。她闭上眼,想逃离他下的魔咒。她飘往远方,于凝滞在时间里的音符后隐匿了身影。

咖啡厅一别两月有余,他们频繁地互发信息、分享歌曲,时不时又会发现彼此新的共同之处,但每每站在他面前,她都会觉得无比陌生。谁承想,那次短暂的相逢竟完全改变了他们的人生,哪怕她总是在逃避。

"抱歉,我得走了。很高兴认识你。我们肯定还会再见的……或许在这里,或许在另一边……你明白我的意思。"

"这就走了吗?你的咖啡都还没喝完呢。太匆忙了吧!"

"我刚才是在这里等别人回我消息的,现在收到消息了,我该走了。"

说着,她把手机放在桌上,整理起脖子上戴着的围巾,准备起身。陌生的男人瞟了一眼屏幕。右上角的通知图标出卖了她,揭穿了她的谎言。

在此之前他们还发生了另外的对话,内容令人不安、叫人费解,但很奇怪,两人都能明白彼此的话语。话语倾泻而出,如虚假的平静水面下的湍流,乔装的和平海面下的火山。两人与其说是邂逅,不如说是认出了彼此。这是世界开始得救的那一刻后至关重要的几分钟:

"你好。"陌生的他说道。

"你好。"陌生的她回答。

拼桌之后,有好一会儿谁都没有说话。终于,他以一种几乎令人生畏的力度看向她的双眼,开口道:"抱歉,我们是不是之前见过?"

她几乎是在注意到他充满探寻意味的眼神时就立刻穿上了保护的盔甲:"恐怕不是。我不住在这个城市,我只是工作碰巧路过。"

这看似平常的说辞不过是她临时编出来的谎话,却给了他更进一步的理由,让男人忍不住突兀地说出了内心的自白:

"我们注定相遇……在另一处,另一段生命中……我们注定相识,我很清楚这一点。看向你的时候我能感觉到,我身上有你的一部分。我能在你的眼里遨游,那里自有我所熟悉的万千世界,我很清楚你能听懂我的话。"

她点了点头。她也注意到了这一点,她也看见了他的眼睛,她知道他说的都是真的。两人继续聊了下去,她听到的每个字都在她内心深处打开一道缺口,渐次击穿了她犰狳的甲胄,直抵她最深、最坚硬的内核。

她整理好了围巾,难掩紧张的神色。他笑了,看向她说:

"好的,那下次再聊……还是说,我们应该把命运掌握在自己手中呢？给我你的联系方式吧，地址、邮箱、电话都好，让我能够找到你。"

而她一心只想避开他蜜一般的双眼在心中惊起的涟漪，于是连忙答应下来，飞也似的逃走了，只在桌上留下一只宣传单折成的独角兽。她走得匆忙，没有看见陌生的男人是如何把它拾起，装进口袋，又是如何在回想起她刚才因兴奋而扩张的瞳孔时笑了起来。

歌者的声音将她带回歌厅，她脚下是舞池，身边是陌生的男人。歌者正唱着一首悲伤的英文歌。吧台几乎空着，歌者的嗓音带着忧郁的颜色，目光诉说着不能成真的幻梦。今夜无人欣赏歌者曼妙的歌喉，但她还是像往常那样，将最好的一面献给舞台，哪怕另一侧无人倾听。有时候，她感觉自己的音乐能影响听众的现实，她就像傀儡师，知道他们将何去何从。那一晚，她为陌生的爱侣献声。她忧郁的乐曲唱着两人之间似乎是由女人刻意保持的距离，但直觉告诉她，这距离将化作一个亲吻，因此她早早准备好了那一刻来临时最合适的曲目。

几分钟前，她刚为另一对低声争吵的情侣唱了一支令人心碎的探戈曲。男人先离开了，迈着急匆匆的步子，每一步都显出他的不快。女人在原地又待了一会儿，听着伤心的歌谣，泪水模糊了视线。歌者所不知道的是，她的歌声可以编织命运，预测未来。她也不知道，那个被独自留在吧台、泪眼蒙眬的女子，正无声地向只有她能看见的另一个女子倾诉。看不见的女人穿着花边衬裙和一件衬衫，领口大开，几乎袒胸露乳。她一直密切关注着两人，男人一走，她就出现在了女人所在的吧台（是光速传送吗？还是飞过去的？），说道：

"男人都不是什么好东西！他们都只是馋我的身子，满脑子都是下流的念头……真是可悲！但有一个不一样，他会给我送花，带礼物，还会为我写诗，读给我听。付了钱以后，他也不碰我。不久之后，我把我的心给了他。但好景不长，幸福并没有写在我的命运线上，我的爱人得了重病。他死后，我也随他去了——当悲伤越来越大，撕裂我的灵魂，当内心只剩下再也难以承受的空虚，当我除了痛苦和眼泪，什么也没有，活着还有什么意思呢？我整个人被切开，成了一个巨大、污秽的伤口，流着血和脓。生活无时无刻不在灼烧着我的肉，仿佛根本没有皮肤覆盖我的身体。"她边说边指向自己的脖子，一条红得发紫的印子赫然在目，"我决心离开没有他的世界，他不在了，我一个人要如何忍受这么多污秽呢？他喜欢看我跳舞，我现在跳舞就是为了纪念他。你既然能看见别人看不见的东西，也能听见我说话，那你一定想知道我为什么被困在这里，几百年来没有一个人来倾听我的故事吧？我停留在这里，只因一切都始于此处，始于这四方高墙之间。我知道另有一个世界，但我害怕寻找去路，害怕到了那边发现他并不在那里，害怕我找不到他。在这里，我至少拥有回忆，他的东西我只剩这个了。"她吐字很慢，好像说话很费力似的，同时以怪异的方式拗着身体，如此迟缓，和她迅捷的移动速度、灵巧的舞姿形成鲜明对比。"你知道吗？"她继续说道，"让我来告诉你这个秘密吧：你内心渴望着有个女儿，但你实在不应该因此而继续忍受这个男人。"

歌者注视着一切，她眼前只有这个刚被抛弃的女人。她也不知道女人是如何与幽灵女子告别的。她只能看见这个奇怪的女人双眼被泪水淹没，拖着沉重的步子离去，在门口与另一对刚进来的情侣擦肩而过，却丝毫没有发觉。幽灵女子此时已经飘远，但还是向着她的背影投去微笑以示道别。接着，她跳起一支催眠的谵妄之舞，走向天地之一隅。在那里，再没有人能看见她。

陌生的女人觉得无人会知晓，毕竟他们是在另一个城市。他们想进行一次尝试，好确定两人之间的神奇魔法并非一时冲动，也不是出于对打破神秘禁忌的渴求。当然，或许这一切只是抛弃责任、屈从于诱惑的借口也未可知。

此时响起的乐曲，将枯燥的生活视同死亡。歌词大抵在说，感受不到心动，人活着也便是死了。而她已不能再忍受死的时光，不能再忽视已经复活的心跳。

她看向陌生的男人。在朗姆酒的微醺中，她晃着灵巧的腰肢、迈着挑逗的步子向他靠近。她在他面前扭动着身体，环住他的脖子，咬上他的嘴唇。这时，歌者假装褪下自己的一只手套，音韵婉转：

> 梅梅跳了一支胡奇库奇舞
> 她就是这样杀死了麦格鲁
> 男孩们，你们可以把错推给梅梅
> 把错推给梅梅[1]

几小时后，性爱开始。随之而来的是：花火、电光、往未曾涉足之地的飞行，身体与心灵的双重高潮，至臻之境。潮湿的手翻搅着欢愉，直抵穹顶，在诞生了宇宙的羊水里漂浮。渴求的男女，是从相互缠绕的灵魂中生出的欲望，投射于爱欲的指尖；是水，是火，是爱情。爱之欲生，爱之欲死。以肉体相恋，以灵魂相依。在猛火爆炒，文火细煨之间，在欢愉的热浪中，溺亡。五内翻涌，百骸

---

[1] 歌曲名为《把错推给梅梅》(*Put the Blame on Mame*)，1946年由艾伦·罗伯兹（Allan Roberts）与桃乐丝·费雪（Doris Fisher）为电影《吉尔达》而作。

颤动。

　　之后他们睡去，竟又在彼界不期而遇。在漫天星辰里，两人又一次做爱，肌肤交融之处绽放出光的海洋，遮蔽了所有视线。这就是"大爆炸"，两界都感到了它的冲击——每当两个注定重逢的灵魂得偿所愿，这样的事就会发生。

苦痛之路

时间是下午,困苦者埋藏了自己在世间的所有痕迹,这时天是白色的。一种令人不安的白,好像世界失去了颜色一般,预示着灾难将至。他全心全意地希望灾难降临,不可抵挡的力量能一举将地球抹除。这样他就能不再受苦。

"现实总是重拳出击,一击毙命。"他固执地这么想。语言是他的避难所,他重复着同一个句子,直到每一个语词都消解了含义,整段话变为曼陀罗真言,以遗忘之力净化诸恶。这是他逃避现实的方法之一。

无本之木,何以立足?而困苦者正是这样的无根之人,难以行于天地间。他已经无力承受更多的打击。母亲死后,他的血啼在纸上化为诗行,在幻影里轻抚她逝去的容颜,在回忆里她的怀抱中肝肠寸断。他问自己:死人知道自己已经死了吗？他自己是不是已经死了，只是不知道而已？不知道自己是死了还是活着，其中也有某种美吗？

他走到阳台想喘口气，却似乎瞥见了天空的脊柱，轻飘飘地浮在云端，浮在身体之外，像是未能顺产的某种生物的一个碎片，在风的胎盘里游泳。他赶忙回到屋内，将眼前的景象草草记录在笔记本上。之后，他被虚幻与悲伤的洪流卷走，迷失于内心深处。

母亲的死带来的焦虑与悲痛在过去几天里化为堆积的疲惫，逼着理智的身体将他带入深深的睡眠。他降落在那片如此熟悉、如此险恶、却又如此亲切的土地。一想到那个地方，他总是同时感到恐惧与好奇。他害怕它，正如怀着欲望与崇敬害怕自己的恶习，害怕知晓自我的意志力并非完全自由，而是乐的奴隶、瘾的囚徒。不管愿意与否，那片土地都已成为他不可分割的一部分。

他绝望地哭喊，呼唤着母亲，声音在环绕着他的巨大而泛红的沙丘间回荡。四周的景致摇曳闪烁，如同海市蜃楼般不稳定地燃烧着。他的声音在脚下化为沙的音浪，蛇行向前，消失于无垠。他深吸一口气，意外地感到清新的生机，于是张开双臂拥抱这个世界。想到能与母亲的灵魂再见一面，他倍感宽慰。然而，事情并没有那么简单。死者有自己的意志：被召唤时不一定会出现，想出现时也没人能阻止。他一次又一次呼喊，喊到声音沙哑，脚心发疼，而风儿无数次地吹回他的哭号，空洞的回声叫他发疯。

空气中飘散着太多的苦难，无数不成形的团块是萌芽中的梦魇，想要吞下更多的情绪。

身处其间，他的负面情绪奇怪地减轻了。当他沉吟出即兴创作的诗句，压在他胸口的重量似乎随之减轻，这些骇人的诗句充满力量，饱含恐惧，溢出足以冻结地狱的寒冷。这些即兴创作的诗句，要是被他带回另一个世界、付诸笔端，将足以击碎任何一位读者的心，引爆他的头脑，教会他此前无法想象的深邃的黑暗——他此前所有的阅读体验都不会，绝对不会，如此令人震撼。

梦魇原型正围着他跳舞，像纺锤一般疯狂地旋转，被狂热与欢喜所支配——那种被满足了古老食欲的人身上才能看到的狂热与欢喜。它们中有的已经长出了口器，或长有功能相近的孔洞，正在用不可能的舌头舔舐着自己的嘴唇；另有一些伸出沾满黏液的触须，淫秽地抚弄着困苦者身上的光环；还有的在原地飞速地旋转，似乎这样就能吸取诗人的精华；而更多的只是漂浮在他周围，像一个个鱼漂，用看不见的钓线绑住他的思想，等待猎物上钩。

⁕

在宇宙的另一端，门铃响个不停。困苦者此时睡得很香，突然被叫醒让他精神恍惚。他拖着身体走到咖啡壶前，咒骂着刚才按门铃人，那人现在正走下楼去，脚步声清晰可闻。他想见的人都已不可能再来见他，没有必要再把门打开了。

他拿起笔记本，试图重温刚才的经历。这是他第一次在彼界感受到真正的力量。他知道，这种令人愉悦的体验会促使他一次又一次想要返回，如同染上最易上瘾的毒品。接下来，他奋笔疾书，写个不停。

歌者

每晚演出结束后，歌者会回到自己孤独的房间，重温一天里用歌声编织的故事。她会完成它们，加上修饰，谱上曲，再添上一个或悲伤或幸福的结局。有时候，她会禁不住诱惑，想欣赏一个隽永的玄言结尾，于是织就一片永恒的灵薄，将故事的主角置于其间，漂浮此生。之后，她会把这些歌挨个儿唱一遍，首先在孤独之中，其后在聚光灯下，在她的经典曲目合集旁。她很享受这个过程，排练能帮助她完善苦心孤诣织就的人物故事，尤其是她最爱的、与爱情和心碎有关的那些。故事的主人公正是驻足聆听她歌声的观众。在她的脚实在地踏上舞台的地面之前，她歌词里的主角常常是偶然遇见，尤其是在国内各处旅行时偶然遇见的人。在旅途中的交通工具上坐好后，她就会随着睡意进入轻微的恍惚之中，深深地沉浸在自己的世界，激活她惊人的头脑里的其他能力，但又不至于深到失去对现实的感知，因为她在唱歌时会不可避免地落回其中。在舞台上，这种半梦半醒的恍惚是她的常态，她的创造力也会随之不断地涌现，失控地生长、扩张，改变她笔下乐曲的细节和结局。她曾多次演唱自己的作品，但第一次无疑是最重要、最有价值的，因为它启动了命运之轮。她对歌曲的每一次修改都拨动了时间的指针，改变了历史，她自己却浑然不知。要是有人告诉她，她其实是编织命运的神灵，那她一定会露出挑逗的神情，笑得花枝乱颤，这是她在多年演艺生涯里训练出来的笑容。之后，她会半眯着眼看向对方——这眼神是专为痴心而狂热的追随者准备的，就好比拉起窗帘，想要遮挡外界沉闷的风景一般。之后，她会说出那句神奇的话语：

"没错，亲爱的，我完全理解你的意思。等这边都结束了我们再接着聊吧？"

接着，她会消失在"闲人免进"的更衣室门的另一侧，在身后留下烈焰红唇的残影和一个因爱颤抖的男人。

歌者遗忘了自身的真相，此后又过去多年。几乎所有的神灵、半神和被神圣之手触及过的生命都忘记了自己本来的身份，但这并未使他们的力量消失。他们的神力或许会生疏，陷入休眠，或者从一开始就被忽视，但并不会消失，还会随着主人的意愿自行其是。

歌者藏着一个秘密，一个关于自己丢失的时光的秘密。有时她会做美丽的梦，梦里巨大的织布机上编织着故事。有时她躲在洞窟里唱歌，空气中有海的味道。她有一位郁郁寡欢的心理学家朋友，他曾对她说，这些都只不过是她在现实中的渴求与焦虑在梦境中的投射，而她相信他所言。她也相信医生们的诊断，说她失忆是因为某次创伤经历。虽然医生们认为恢复记忆和永远遗忘的可能各占一半，但她还是自始至终都希望满满。这就是为什么她总是要回到自己印象里最早的居所：某个临海村落里，并不高的山脉脚下，一处巨大的花岗岩海滩。她希望走在过去生活过的土地上能帮她想起过去，尽管那个地方没有人认识她。

她脑海中最初的记忆是一场感官盛宴，充斥着各式各样的感觉。每每重温这段记忆，她就能再次感受到皮肤贴在岩石上的热度，闻到夏日浓烈的气息：一种由烈日下的松木船与海边的微风调配出的美妙香气。她还能听见自己的声音，用一种她无法分辨的语言唱着歌，有时四下只有她一人，此时的歌声似乎别有深意，她记得这时的歌名《创造之曲》。在这些时刻，她与躲藏在内心里的某个喜悦而强大的部分相联结，仿佛使用了致幻剂中最令人神迷的那一种，又像是命运的丝缕落在了她的掌心。

在她接下来的记忆中，医生和神经病学专家无情地窥探着她的大脑，警察和记者无尽地将她盘问，她自己终于也惊讶地意识到，她没有身份证件，也没有记忆，就好像此前从未存在过一样。她只得重新开始，寻找一个身份，起一个名字。面临谋生的选择时，她决定向自己最擅长的领域迈进，成为一名歌手。耐人寻味的是，虽然职业生涯也有过波折，但总的来说，尤其是当她回忆起那段时光的时候，她总是觉得一路上无比顺利，像一条平稳的河流。每一步都完美地与下一步衔接在一起，似乎一切早已注定。从那以后，她的生活几乎一帆风顺，除了那如影随形的孤独，缝在她身上，像一个正在愈合的伤口，不时地传来隐痛，撩拨着她的心。她找不到治愈孤独的药方。从未有人能完全填补她内心的空虚，只有音乐能慰藉她的灵魂。

回到家后，她为自己做了一杯冰咖啡，放上舒缓的乐曲，坐下来想着这对刚才在自己驻唱的音乐酒吧里遇到的陌生人，想着他们的歌曲该如何收尾。在舞台上表演时，她为两人即兴创作了一段歌词。不知怎的，她觉得他们的故事结局一定要臻于完美：这一点她有能力做到。

陌生的两人穿行于城市的街道，双脚飘浮在离地面一拃高的地方，周身有雾霭遮掩，只露出手和眼睛。这时，她唱起了一首动情的歌：两个注定要在时间里相遇、感受彼此存在的相似的灵魂，在生的爆炸中融合了彼此的肉体与精神，在共同的幻梦中拉上屋内的红帐，在世界里消失了身影。

大爆炸之后

陌生的女人无法入睡；与人发生关系的第一个夜晚，她总会失眠。她试图厘清自己内心的感受。她专注地思考着刚才在房间里发生的一切。其他任何事情在这个泡沫之夜里都无足轻重。她把头倚在陌生人左侧的胸膛，感受着彼此的心跳以同样的节奏跳动。"怦怦怦怦"，她突然觉得，这心跳有如精密的钟表，分毫不差地指示着他的时间和她的时间，也指引了她的生活。他睡得很沉，嘴角挂着幸福的微笑，一只手紧紧抓着她的胳膊，紧闭的双眼注视着她，嘴里不时地吐出深情的呢喃。

在夜晚余下的时间里，她守护着他的梦，透过窗帘看窗外夜色里的千百种灯火：往来车辆前灯如炬，药店门口霓虹闪烁，垃圾车玩着催眠的光影游戏，一辆救护车驶过空荡荡的街道，旋转的蓝色警示灯引起了不必要的骚动，引得对街的酒店窗户不断开合，那里充满了夜生活，不适宜休息。

就这样，几个小时过去了。

清晨的第一缕阳光打在窗帘上，被筛进了屋子里，街道褪下了夜晚的行装，换上晨间的制服。她像猫一样蹑手蹑脚地爬了起来，静悄悄地洗了个澡、穿好衣服。床榻还笼罩在灰蒙蒙的光线里，她投去最后一瞥，无声地把门带上，满心踟蹰。而等她走到酒店前台时，她已然下定了决心。

然后是火车上的两个半小时，一句略显疲态的"嘿，亲爱的"，再之后就是"我有话和你说"，还有许多的眼泪。

生活地覆天翻。

想象中的朋友

天使的童年是在有着一整座大花园的巨大石头房子里度过的，房子位于卡斯蒂利亚的某个古老的美丽小镇，这里的房子大多以砖块和石灰岩建造而成，阳台上悬着突出的木梁，黑色的板岩屋顶间或藏有几只乌鸦。花园里栽有苹果树、梨树、两棵无花果树、一棵不高但花果繁多的榅桲树和其他许多观赏性植物，此外还种了许多蔬菜，依照时令变化着品类。花园里还有一个由拱门和蔓生植物围成的鹅卵石庭院，庭院中央有一口水井，和石头房子一样古老，可以追溯到十五世纪。为了安全起见，井栏被装上了插销，这样，她和妹妹就能放心地把那里当作躲开大人们的圣殿，在庭院里玩耍时也不用担心会被黑色的深渊吞没了。几年后，她被允许出入附属的庄园，这里对她这样脚程有限的小姑娘来说简直就是一个完整的世界。院子里立着家族的石质纹章,彰显着先辈们的功绩。大部分地面上都摆放着五颜六色的瓶瓶罐罐,有的已经裂口,里面种着她母亲精心培育的药用植株。她的家族有着悠久的历史。传说家族某位先祖通过自己的特殊能力赢得了女王的垂青,痴心的女王喝下了她调配的药水后,曾一度感到自己为英俊的国王所爱,因此充满感激。这处每个角落都充满了神话色彩的宅院正是女王的酬谢,报答药水带来的她一生中唯一的幸福时光。相传自那时起,家族中就总会有一位女性能感受到照料花园的强烈召唤,于是,虽然每一代看护者料理方式各有不同,但这门技艺得以薪火相传,园子也长盛不衰。天使还小的时候就知道,母亲过世之后,这项荣誉就会连同它背后的秘密一起落到自己肩上,虽然她当时对这个秘密还一无所知。

进入青年时期,母亲和姨妈决定告诉她一些家族的特殊情况。这时她才明白,原来秘密也是代代相传的,只有成了秘密的主人,才有支配它的权力。而且,这秘密并非孤立地存在,而是与所有她身上继承的一切息息相关,她从母亲和外祖母那里学到的学识和技艺正是由远古先祖、历代能者一路传承至今的。家族历代女性都有此禀赋，但嫡长女的这条血脉能力最强。

　　天使难以分辨她的哪些朋友是有血有肉的，哪些又是无影无形的。在对同学们的哄笑反对无果、对必须用巧妙的伪装和不光彩的可怕把戏才能赢得他们的尊重这件事感到厌倦后，她不得已想出了仅凭思想与她的无形朋友们交流的权宜之计。但就算如此，她也总是觉得有点孤独。实际上，像她这样的人都是如此。她有很多关于姥姥的记忆，小时候的她觉得，姥姥一直就是这么老；每晚姥姥给她梳头的时候都会和她讲，说她是特别的。随着时间的推移，老人的身体渐渐失去稳定性，光线似乎能将她穿透，就好像她的肌肤是透明的，血肉也变成了漂浮的基质，变成了松散粒子的合集。她变得越来越小，和玩具娃娃一般大。最后她归于太虚时，活脱脱如一位小小的、长着皱纹的仙女，双眼年轻而明亮，和母亲的双眸如此相像，和镜子那头的目光如出一辙。天使无法准确说出她是什么时候死的；更确切地说，她更相信她没有死，而只是不再受制于尘世的肉身。她坚信姥姥绝不会停下抚摸着她后脑勺的手,她只是不再为她梳头了而已;但她不知道这是因为她已经长大,可以自己梳头发了,还是因为她自身的力量还不够强大。

至于她的姥爷,她一生中没有真的见过他,即使他陪伴了她整个童年,教会她各种鸟类和植物的名字,也教会她许多其他的事。姥爷似乎比姥姥要年轻得多,这一点总叫她惊讶。姥爷是她最佳的冒险拍档,他能够比任何人都更快地发现危险,还能解答她所有的疑惑。一天,姥姥认为她已经是个大孩子了,于是和她讲述了自己的故事,告诉她一场愚蠢的战争是如何让自己年纪轻轻就守了寡——这天起,她明白了很多事。她无法忘记姥爷带着真相离开时的微笑。此前的数年里,她曾问过他许多关于死亡的问题,而他总是保持沉默。随着年岁渐增,她才明白,有的事情幽灵无法言说——至少在这个世界时不能。

还有她的第一个朋友,几百年前在井里淹死的男孩。他比任何人都更会玩捉迷藏,人也很好,不过有时说话有点怪。母亲不喜欢她和他整日混在一起,因为她觉得这会让其他孩子疏远自己的女儿。看来她不明白:想让两个生活在一处的孩子不在一块儿玩耍,这简直就是注定失败的战争。

之后,她来到城市生活。印象中姨母和母亲总是在厨房里,而她则跑来跑去地帮忙,用小手揉面团、捏糖块,往罐子里装入番茄丁、无花果蜜饯和糖渍苹果。她清楚地记得大口咬着生面团时的口感,忘不了世界上最美味的棒棒糖——又厚又热的糖浆裹在勺子上,散发着焦香的气息。

等待糖果冷却的那几秒简直像一个世纪那么长,但这必要的等待却避免了她贪婪地渴望着甜蜜的舌头可能迎来的悲剧。勺子做的棒棒糖是简单的美味,玉米粒也是一样,会在平底锅的锅盖里随着热力的魔法变成可口的爆米花。她总是在这个问题面前犹疑不决:"要做甜的还是咸的?"她两种都喜欢,没法做出选择,所以最后往往是两种都做,两种都吃。厨房这个巨大的实验室里满是可以组合、转化、发明的元素与成分。而她们一家对炼金术的热情是刻在基因里的。

她也喜欢回忆在田里、车库里给父亲和姨父帮忙的时光,虽然这总是让她的鞋子沾满泥土、鼻子上满是油污。

她喜欢在番茄苗间奔跑，闻着空气中溢满的芳香。清新、野蛮的植物气息令她胃口大开，抓起一个番茄就送进嘴里用力咬破，哪管汁水四溢，弄脏了脸颊——明明旁边就有泉水可以洗脸嘛！她还喜欢用吃完的玉米棒子做娃娃，用柳枝编成皇冠戴在头上，发现南瓜第一道黄色的纹路，躲在豆角藤后面——这真是理想的藏身之处，就算之后身上过敏发痒也值得。还有她最喜欢的环节：烧秸秆。再没有什么比这盛大又不至于失控的火焰更令她兴奋了。仅用水和铁耙就能控制火这一强大的自然之力，这在她看来简直不可思议。火渐渐熄灭时，她会在旁边看得出神；待到弥留之际，火焰变得驯良、易于掌控，她会往里面丢各种各样的东西，看着它们扭曲了身影，化为灰烬。对火的掌控让她感到强大，她喜欢这种感觉。

而她最怀念的还是农村生活的种种气味，它们也是她喜欢回忆的原因：刚出炉的烤面包的气味、还温热着的糖渍苹果的气味、蔬菜被装进包装袋前的气味、壁炉里燃烧着的木头的气味、用苏打和用过的油制成的肥皂的气味、在刚晾好的床单间玩耍时闻到的漂白剂的气味、夏日里无花果树香甜的气味、阳光下松树林的气味、夏天的气味、雪的气味、被雨淋湿的狗的气味、母鸡的气味,甚至是粪肥的气味。她始终觉得,城市里肮脏的烟雾稀释了其他气味,将所有的味道都变为同一种,这着实奇怪,违背自然。

长大后,她不得已放弃了乡间的嗅觉盛宴,转而到首都求学。虽然她不时也会回到乡间的老房子——那是她永远的家,不管她在外漂泊多久——但她也逐渐在城里站稳了脚跟。毕业后,她找了一份工作,留了下来,但她知道一切都是暂时的。她的生命和那座大房子将永远相连,不可分割。在那里,她会生一个女儿,悉心照料家中的花园——她对那园子的思念与日俱增,园子似乎也在呼唤她、盼她归来。在那里,她会静候自己生命的终结,准备好随时将家族的秘密传递下去。这就是她早已被写下的命运。

失控的混沌

　　困苦者回忆的指甲嵌入了他的心脏,他把头埋在双手间哭泣,悲伤于是一滴滴从指缝间溜走。他诗人的敏感已经登峰造极,而生活为他提供了足够的素材和由头,足以填满一万本诗集:五千本写悲惨世界,五千本写满心伤痕。人生的逆境让他血流成河,把他的头摁进直面世界的恐惧之中;无爱的现实蒸干了他的心,吹灭了他存在的意义。

　　内心的黑暗有其极限,越过之后就会让人觉得生命不值得。这就好比天平已然向着消极的一侧倾倒,似乎再也无力挽回,这时再想恢复平衡就得付出无比艰巨的努力,远非常人所能做到。越过这条边境线,人就会进入自杀者和行走着的心死之人的国度。这条边境线也正是困苦者现在受诅咒的容身之所。

他曾多次想到自杀,但自杀并非他这种人会做的选择。对于知晓生命不会随着死亡走向终结(这多么矛盾)、地球以外还有别的空间、死亡只会消解身体而非灵魂的痛苦的人来说,自杀毫无意义。他知道这些事,因为虽然从未有人教过他,但自从他能运用自己的理性开始,他就学会了逃离自己的身体,去往幽灵与怪兽居住的境地。到达那里之后,其中一些存在就会顺着他身上无法隐藏的气息追踪而来。它们中的大多数都没有固定的形体,似乎只是他的思维塑造出的不成形的团块,被他赋予了新的存在方式。这在某种程度上缓解了他的痛苦。他发现自己的满腔怒火或满心忧伤很容易在这种创造活动中得以宣泄。他虽然不太明白其中的原理,但也并未放在心上。他挥洒着自己的不幸,创造了许多生物。这是唯一重要的事、唯一让他感觉没那么绝望的事,因此他一次又一次地返回,浑然不知他的造物游戏会造成怎样的后果。

当他再也无法承受自己的生活,成瘾物就成了他啜饮的鸩毒:困苦者已经走上了不归路。他越界了,呕出交织着毒与血的诗行已不再能让他得以喘息，喝断片也无法叫他忘记痛苦。在此之前，他的身体就被迫以一种激烈而不堪的方式将摄入的酒精排出体外，医生称之为"酒精不耐症"，他称之为"又一坨狗屎"。他甚至已做好了最坏的打算：有一天，他被野兽啃噬的尸骨会在远离人类文明的野蛮之地被找到，出版商会激烈地为他的作品争吵，大众会记得他是个臭名昭著的酗酒诗人。不，他不会成为这些玻璃柜中的居民，让那些最病态的读者盯着他看。这群人稳稳地窝在沙发里，观看着一个个玻璃柜中他人疯狂而不堪的人生，娱乐至死。不，这不是他的结局。但合法的成瘾物令人舒适，叫人忘却，又唾手可得——对他这种认为诱惑的存在就是为了落入其中的人来说更是易如反掌。

他还不想死，但他也不怕死。此时此刻，他已不在乎自己的悲伤死后是否还会如影随形。如果会，那他自然也可能找到解决之法，或者干脆堕入永恒的苦难的循环也未尝不可。他抓起一瓶朗姆酒，拿出早上在药房买的药，准备好了忘记。

于是，在夏日里的这一天，星星划破黑夜之际，如梦境般转瞬即逝的蝙蝠模仿着星星的轨迹，划出黑色光尾之时，他踏上了短期内无法返回的旅途。与此同时，世界的边缘开始崩裂。

生命与死亡相聚之地

死亡在等待。她不耐烦地把指骨插入肋骨之间，再从另一侧取出来，惹得浑身骨架骨碌碌地打转。她把头颅抓在手上，用修长的手臂扔向天空，接住，再扔，再接住。她在本该有一颗血肉之心的地方变出一颗红宝石，把它从空旷的胸腔里拿出来，用掌骨挤压，碾成齑粉，在空气里化作致命的仙尘，其魔力足以在刹那间将吸入它的人拖入她的领地。幸运的是，此处空无一人。更远的地方也没有。四下悄然无声。飞鸟逃离了身影，昆虫隐匿了踪迹，动物们逃之夭夭，没有哪个活物愿意留下来见证即将发生的盛景。

花瓣簌簌飘飞，拂过她翩翩的丝绸衣裙：生命款款走来。于是万物生长，小动物们从巢穴里探出头来，蝴蝶围着她转，鸟儿又唱起了歌，这是它们夜幕降临前最后的歌声。生命把蛇环绕在她母性的双臂，像活的手镯，把胸脯挺起，好似不受重力控制。她的乳房坚挺，但并非望向天空，而是一副年轻母亲的乳房，看众生万象。夜幕将至，她头顶的猫头鹰像一枚头饰，警觉地望向四周。有时，猫头鹰会飞到空中，于是另一双眼睛会取而代之，在她的脚边盘绕，被长裙掩盖了身体：那是猫的双眼。此地是生命的王国，女神是其主宰，她的到来让死亡也不再那么可怖。

生命和死亡拥抱在一起。她们是姊妹，是梦境与清醒两界的守护神。梦境是居住着梦魇、灵魂、幽灵和不为清醒世界所见的其他实体的世界，而清醒是——再没有比这更好的说法了——居住着有生命的活物的王国。死亡并不像不良媒体宣传的那样邪恶，只是她管辖的领地不为清醒世界的居民所知罢了。那里并非终点，而只是他处，与清醒世界一样有好有坏——或许好的地方更多。生命是自然之本、造物之神、众生之母，有千种尊号姓名，受万人崇拜景仰。死亡是负责将肉身之外的存在运送至她的太虚世界的摆渡人。但她和生命都不是宇宙的主宰，二者其上更有神明。

几秒过后，生命松开了怀抱，转而斥责她的姐妹：

"怎会如此！这种事不该发生！"她叫喊道，"你没能管好你的造物，现在它们已经不受控制。有时我真恨自己神力不够，要把事情交给你来缓解我的痛苦，但现在却发生了这样的事！我是真的想不到你竟然也会心生怜悯。该死，真不知道你当初违背指令到底值不值得。"

"你知道我无法插手！"死亡用空洞的音调尖啸着，"混沌者太强了，好几个世纪里都没出现过这样的情况。至于另一件事……你说得对，我们确实不知道值不值得，但我永远不会后悔这样做的。我愿意救她一千次，我相信你也一样，会一千次地把责任托付给我，一千次地接受我的所为。"

"或许你是对的，姐妹，几个世纪过去了，这段时光仍记忆犹新，在我的心房里猛烈地跳动。先不管这些了，眼下要紧的是解决当前的问题。要说混沌者强大，不如说那两个睡梦者更强，那对还未成双的爱侣。你有事要做了，因为他们两人结合在一起就足以阻止混沌者。我的巫女们也会提供帮助，但要彻底解决问题必须进入你的王国才行，而你也知道,她们自己是进不去的。那两人因编织者的歌声结合在一起的时候,你我都看到了他们身上的潜力。他们甚至不约而同地进入了同一个梦境!"生命又叫喊起来,"我真不明白为什么在这之后她没有选择和他在一起。或许是时候让你的巫女们出场了,姐妹,或许一支强大的爱的魔咒能派上用场——真可惜我们不能直接干涉命运编织者们的工作。真遗憾呐,歌者本来已经开了个好头的。"

"要是派巫女去就行的话就好了。他们并不缺少爱意,是恐惧阻止了爱情成形。也正是恐惧才能最终促成他们的结合。这该死的恐惧,总在万物的中心。至于歌者,她如此编织是因为命运本该如此;她要是更进一步,那也是命运使然。说到底,她和其他人一样,不过是命运的容器——甚至比其他人更被动,因为她对自己的能力和身份全然不知。

"要说人类有什么让我欢喜,那就是你总不能把他们看透,所以人类才如此有趣;但这一次,我真的生气了。"

说着,死亡周围升起袅袅黑烟,这是她表达愤怒的方式,毕竟她没有面容可以做出各种表情。

"我希望这件事能妥善解决，否则它必结成恶果，因为平衡已被打破。"一时间，猫头鹰的喙、猫的口、蛇的信子与生命美丽的双唇一齐道出了话语，造成了不真切的回音，震颤了空气。

"我也如此希望。"死亡回应道。黑烟渐浓，死亡归于无形。

只剩生命留在原地，她满腔怒火，抬脚奋力踏向地面，霎时间，一棵橄榄树拔地而起。往后的几天里，没人能够解释这一夜间长起来的大树。后世之人也无法解释为什么用它榨出的橄榄油竟有治愈的神力。啊，要是有人看到了那一幕，一定会以为那是圣母玛利亚显灵吧——丰饶之神被误以为是无玷受胎的圣母，真叫人啼笑皆非！

无名女神的梦

歌者睡去，脑海里还萦绕着陌生两人的歌曲。她强烈地感到，有必要为这段故事编写一个结局。在她的梦里，就像在她的歌中一样，她看见两人拥抱着起舞，之后手牵手走在街上，飘浮在云端，如此轻盈，如此快乐，仿佛世界在他们周围消失。她还看见了别的场景。她看着即将以古往今来所有的激情热烈欢爱的两人，而且就好像自己的梦境与现实中另一个地点的另一个房间的现实交织在一起了一般，她感到两人是如此近在咫尺，近到能感受到他们的体温，这温暖让她钦羡又神往。但她仍在梦中，于是强迫自己赶紧离开，不要惊扰两人的亲密，但不知怎的，她凭空出现在了既熟悉又陌生的风景中。

纵使物是人非、斗转星移，歌者也能认出这海水拍岸的风景里那熟悉的气味。世间有许多种海洋，但各不相同：异域的海、冰冷的海、温热的海、澄澈的海、浑浊的海、翡翠绿的海、青金石的海……有的海是北方的海，桀骜不驯、狂野不羁，是月亮的情人，用会呼吸的潮水行爱的顶礼。海水是海藻与浊流的气味，深邃而狂野。行驶其上的是渔船或灵巧的侵略舰队，船上坐着勇敢的水手，或是披头散发的、长着勇猛胡须的不屈战士。这些糙汉子厚实的手掌上长着厚厚的茧，腿脚有力、满是训练痕迹，足以在北海的暴风雨中站稳脚跟。他们皮肤黝黑，做起爱来每一次都像是最后一次，未知的明日激发了他们动物的本能。海上的冒险家们嗓音里有着特殊的韵律，他们的灵魂是钢，内心是乡愁。她还认识另一种故乡的海：地中海，我们文明的发祥地。与北方的海不同，地中海柔和、温暖、热情，养育了无数商人、理论家、艺术家、醉心帝位的战略家、作家、智者。航行其上的是精致、考究、能言善辩、胡须油亮、身上装饰繁多的男人。他们将战争变为纪律，将爱情变为艺术。他们从对自然的入微观察中悟出乐理，他们建立了哲学。歌者对这两片海域都十分了解，它们都在她作为命运编织者的漫长生涯中留下了痕迹,尽管她只有在梦中才清楚地记得自己身上流淌着海洋的血液。而醒着的时候,她只会在靠近大海时感到无比亲切与莫名的依恋,因为她最近一次醒来正是在海边。她虽然失去了记忆,但却知道,海边也正是她的起点,是她开始存在的地方。

她的海就在那里,轻轻拍打海岸。她的双足赤裸,轻抚海边的细沙。不远处就是沙滩的边缘,隐约可见岩石的曲线,其间有一处宽阔的裂缝,一处开口,远望去恰如女子的生殖器。她似乎在一座岛上。近处空无一人,但却能听见微弱的笛声从岩洞里传来。她迟疑地靠近洞口。一个男人带着潮水般的喜悦迎了上来——他全身心地将她等待,心无旁骛,陷入痴狂,活像一尊望妇石立在那里。而现在,他把她盼来了。笛子滑落在地,他扑入她的怀抱。

"你终于梦见我了。"他在她鬓间耳语道,"我所有的死亡时光都在盼望与你重逢。"

她感到震颤,感到自己被分作两半,因为她现在除了是她自己,还是那个被吹笛人拥抱着的另一个女人。她很困惑,于是不假思索地让疑问从心底流淌了出来:

"我记得你。我清楚地记得你绿色的大眼睛,你的双眸曾让我如此痴迷,似乎蕴含了整片海洋。我曾一千次在你目光的海水里深潜,一千次抚平了风暴,让眸子里的海水重又清澈。我曾在那双眼的光辉中幸福地漂游,在其中望见自己美丽的倒影,尝过它欢乐或痛苦的海洋的泪滴。我记得你身体的温度,你的气息,你的味道,你皮肤的触感,更记得你的音色,那声音直对着我诉说,震撼了我的心灵;但为什么我会觉得奇怪?我也认识这座岛,这岩石的子宫也在用故土的力量将我呼唤。我也听见了我的子民们或膜拜或祈福的回声,他们向我寻求庇佑、寻求占卜未来的歌谣。我记得无数水手妻子的祷告,求我保佑她们的丈夫平安归来。但我连我自己是谁都不知道,也不知道你是谁,可我明明记得你呀……"

"现在的我不过是一个幽灵,我心爱的女神,我永恒的女人。我只不过是一个不敢忘却你的爱恋,在此处等待了数千年的幽灵罢了。而你,在梦与灵魂的世界里依然可以使用你的神力,依然记得你的天赋,记得你在另一边被夺走的一切。"

"你肯定只是一个梦。对,肯定是这样,我之所以梦见你是因为我想要梦见你,因为我害怕孤独,因为没有任何人可以填补我空虚的内心。原来你是我内心所有渴望的化身呐,我的梦中情人。我想象出了你的样子,欺骗自己说我记得你,你一定真实存在过。啊,如此美丽的幻梦,如此巨大的谎言,我却不想承认它不是真的。如果这就是死亡的梦境,算我求你,别让我醒来,让我永远和你在一起吧!"

"永恒之人是不会死的,我的女神。把手给我,跟我走吧,我有东西给你看。"

她把手给他,身体接触引起了电流与花火,让歌者感到从身体深处发出了一阵轻微的震颤,传遍四肢,又在她周围散播开去。原来梦的世界里也能感到爱情的震颤,她想。

他们手牵手走进洞穴。一股强烈而熟悉的草木气味涌进鼻腔。她深深地吸气,让每一个肺泡都充满了草药的异香。岩洞深处,在白色帷帐的床榻之上,伴着油灯温暖的光线,男人抱住她的身体。她任由温暖的手抱着,把鼻子凑近他的络腮胡，闻着他身上古木与历史的精致香气，时间就此静止。他的皮肤是她的家，那处岩洞是她的根。她幸福又怀念地哭泣。她觉得自己在梦里又做了一个梦。她一会儿觉得自己是在那对情侣的脑海里——那晚她曾在音乐酒吧为两人歌唱，一会儿又觉得自己还是在自己的脑海之中。性的欢愉与梦的直觉交织在一起，她于是明白了为什么这对陌生人必须结合。就在此时，她微启双唇，唱出了最终的歌曲。她唱啊，唱啊，直到自己的歌声将自己唤醒。

她睁开双眼。梦中的场景已消失不见，但那奇怪的感官世界还是在她脑海中留下了痕迹，同样留下的还有为陌生的两人而作的完美的结局。

于是，世界离得救又近了一步。

烟的边界

在死亡统治下的国度里，陌生两人的结合所带来的冲击波及了所有人。在这里，混沌是唯一的法度，其间的造物遵循着清醒世界无法理解的逻辑。在它们看来，最近出现的时空裂隙根本就不是什么大问题；更有甚者，它们中的一部分甚至会觉得这是件喜事。对幽灵来说，它们找到了不费吹灰之力就能返回故土的方式；对于梦魇来说，它们找到了自由之门，有机会疯狂地吸吮人类的情感，或是轻而易举地找到创造它们的人；对另一些造物来说，这是一个旅行和增长见识的好机会；对其余的存在来说，这一切根本不重要。我们很难理解彼世。那是一个没有根基、永远处在变化之中的国度，其组织和形式混乱无序，整个世界本质上全凭情感和想象力松散地联系在一起，因此不可能用我们这个世界的标尺来衡量。彼界的始作俑者是无数有生之物的思维,他们的回忆、恐惧、希冀与幻想创造了那片土地;因此,在每个居民、每个来访者的眼中,彼界都有着不同的形态。我们无法谈论彼间居民的生活日常,因为所谓的"日常"在那里根本就不存在:居民们要么不是每时每刻(如果彼界的时间和我们理解的时间是同一种的话)都存在于彼界,要么会不停地变换着自身的样态——这取决于它们面对的人是谁。

在两人结合所带来的"大爆炸"的边缘,彼界的所有的生物都心有所感:这结合的余波必将影响过去、现在和未来。它们也注意到,死亡的能量是如何在梦境世界的各个角落无处不在,又是如何在构成它们的每一个粒子上扎根。那能量混合着悲怆与释怀,惊恐与安详。一种不安的能量,躁动而狂野,来自深渊,如猛兽般撕咬着一切——那种不安只可能发自忧心忡忡的女神的灵魂。

渴望与渴求

小孩得不到想要的糖果时就会哭泣，而有一种情况会让他哭得更凶——把糖果从他的嘴里抢走。如果说渴望是苦涩的，那么怀念幸福的滋味就更加苦涩了，因为这会是更深刻、更强烈、更扭曲的痛苦。

这就是为什么，当陌生的男人对她越来越难以忘怀，他的心越来越痛，他内心的宁静离他越来越远的时候，他会不禁问自己，比起现在只剩回忆，求之而不得，从未遇到她是否会更好？而在他内心深处其实早已有了答案——不会。无论结局会怎样，她都已经给了他一份最珍贵的礼物——她让他觉得自己真切地活着。遇到她以前，他害怕受伤，因此拒绝了爱情，如行尸走肉一般活在人世间。几年前，他还是如此痴迷于爱情，而现在，他对受伤的恐惧战胜了对爱的渴求，渐渐在心里垒起一道不可逾越的高墙，将自己爱的能力封印其中，他自己也只得无数次止步于肉体交欢与露水情缘。爱得越烈，失去时就痛得越深。生活让他品尝了太多爱情的苦果，他想换换胃口了。对苦涩味道下意识的回避让他决定不再养狗，也让他单身了很长一段时间。他的朋友们都尽量照顾着他，他家人的离世也是他们绝不会触碰的话题。他不是没有了心，他只是将自己的心好好地保护了起来。

但事与愿违，命运是最喜玩闹的孩童，谁要是想和它对着干，它反倒会较起真来。这不就是命运的玩笑吗？让她出现在他的生命里，让一切都改变？一切都如此突然：他的恐惧痊愈了，他开始回忆起真正活着的感觉。他幡然醒悟，此前的自己真是病入膏肓而不自知。

和她相遇不久前的一天夜晚，他到一位朋友家里喝酒，朋友的一席话让他开始深刻地反省自己此前对爱情的态度。

"总要赌一把啊，哥，这才是最关键的。总得拼一下，不要害怕，遇到对的人就要放手一搏。两人相处要是一有摩擦就马上想放弃，害怕自己投入太多的话，是不行的。这样就太自私了。不想吃苦，不想付出，这样哪还算是爱呢？感情不是这样谈的。人类现在越来越孤单了，而且竟然越来越习惯没有爱的生活，变得和机器人没什么两样——这才更糟糕呢！没有爱的话，和死了有什么区别呢？"朋友手里拿着一杯金汤力，在厨房里来回踱步。

朋友将内心的想法倾吐而出，陌生人则默默听着，不时点头。这次谈话触动了他内心的弹簧，他觉得自己的心境也发生了变化。他从未想到过这样深入浅出的比喻："生命是一场赌博。"朋友说得对，他太久没有在任何人身上下过赌注了，在情感生活里——如果说他还有情感的话——他总是无理由地逃避，无意义地玩失踪。

从那晚直到陌生女人出现的几个月里，他一直在脑海中反复咀嚼着朋友的话。他已经知道了自己不想活成的样子，但当时的他还不知道自己想活成什么模样。她是他永远不希望被抢走的糖果，是他愿意在课间休息时和所有孩子打架来捍卫的糖果，是他即使牙齿腐烂，内脏被糖浆黏在了一起，也不后悔余生每分每秒都含在嘴里的糖果。

坏消息是，从那一刻起，他就活在了灵薄之中，那可诅咒的地方有一首诗写得好，这首诗常在他脑海里打转：

没什么更让人不安，
除了灵薄狱中那可怕的淡漠。
在同一个瞬间，同一个地点，
同一个被诅咒的十字路口——
亦即万有与虚无、痛苦与狂喜、爱与空虚之间：
幸福与不幸悬而未决。

重逢

与死亡一别转眼已过数年,女孩已经长大。她与敌人奋战时勇敢依旧,但当她要为自己的幸福而战时,她却仍然懦弱不前。因此,在过去的几个月里,她虽然满是自责与忧郁,但也只是将这些情绪倾注到了她的下一部小说中——直到她开始发觉这世界有哪里不对劲了。

此时,她正在这一边的世界里重新备战。她做足了心理准备,因为这次的敌情死亡拒绝透露,女神暗示说自己没有权限提供更多信息。而且,她虽然凭直觉判断问题出在彼界,但是在那边却找不到合理的解释。而陌生的男人,他是唯一可以帮助她的人,她最终还是去找他了。

终于,世界得救的最后一步也已迈出。

"我不知道梦魇是不是只出现在这里,可能世界上其他地方也有。"陌生的女人的声音满是焦急,她在房间里来回踱步,忧心忡忡,"对那些无能力者来说,什么都有可能发生!我这些天一直在担心这个。要是它们打算全面入侵我们的世界,我们真的什么办法都没有,连找到所有我们这样的人,或者把他们召唤到一起都做不到!我不知道它们是不是想要伤害人类,还是别有所图。我只知道它们不应该出现,否则就真成了世界末日了!我梦到只有我和你能阻止这一切。还记得那天晚上的事吗?我们竟然梦到一起去了!真是神奇!只要我们在一起,就能产生巨大的力量,这事你我都明白。"

陌生的男人当然记得。怎么可能忘记呢?属于他们俩的那个夜晚,她悄悄离开后他胸膛里感受到的空虚,她一连几个月没有再回信息,一直音信全无……这一切,叫他如何能忘记?如果每每在镜中看见自己赤裸的身体,他总感觉胸口有一道疤长出来——那是他空了的心房,如果就算杳无音信他也还是梦见她，如果就算她不回消息他也还是能感受到她的苦、她的笑，如果她心痛他会比她更痛，如万蚁噬心，那么，叫他如何能忘记？他能感应到她的一切，就好似一根无形的线牵住了彼此。他只有一个愿望，想要照顾她直到永远。

他回忆着两人几小时前交谈的每一个细节，就这样来到了她让他去的地点。

他隐约觉得有东西飞在空中，像灰色的烟雾、暗沉的云彩、蛋糕的花边。自然界中的云雾烟霞都绝不可能形成这样的形状。空气里也感受不到哪怕一丝微风，能够吹起哪怕最细小的毫末。这绝不是此世之物。而他对这烟一样的东西却很熟悉。

他停下车，想休息一会儿。虽然还有几公里就到目的地了，但他亟须缓解自己的焦虑。停车的地方四下里寂静无人，远处是末世一般的风景，预示着将要发生的事。他目之所及的旷野里没有半点生机，只有一只乌鸦停在不远处的栅栏上，一个黑影消失在远处红色的田野里，那是胭脂虫色素的颜色，让人联想到葡萄酒中奇怪的味道。那是西班牙风俗主义画派笔下的场景，带着乡愁与忧郁的颜色，仿佛打开了一扇窗，让他窥见了一段并不存在的过往，一段他似乎亲身经历过的过往——或许是他身上流淌着的先祖的血液让他感到这场景如此熟悉吧。又或许，这风景是他余光里见过却并未进入意识层面的场景，是他在梦中穿行时沿路的风景，曾在他梦中的道路上多次出现，所以最终变成了他虚幻但难以磨灭的记忆。他喝光了保温瓶里的最后一口咖啡，回到车上，于是她重新占据了他全部的思维。

他们相互倾诉过彼此特殊的梦境、彼此的天赋、彼此的能力，他们几乎无话不谈，但却还从未谈论过他们一起做过的那同一个梦。因为此前并没有这样的机会：在他生命中最不可思议的夜晚过后，她突然人间蒸发，也从两人共同的人生中消失了踪迹。

这听起来很矛盾，但不知为何，她的突然消失并未让自己离他更远。他还是时常闯入她的字里行间，闯进她笔下的故事里。她还是近乎痴迷地不断梦见他，比他们肉体相合、引发了大爆炸的那一晚之前梦到的还要频繁，感受到的情感就如同他们相遇的那天一样强烈。她许多次在自己的脑海里清晰地感受到了他的一举一动，就如同两人被一根线牵在了一起。她不知道如何解释这种现象，但这或许就是心灵感应吧？心有灵犀一点通，他同样也体会到了这种感觉。

那天早晨，发现她不辞而别后，他仍未有机会唱给她听的那首歌就一直萦绕在他的脑海里经久不散，像他不断念诵着的曼陀罗真言，祈求她能回心转意：

> 但我知道的是，世界对我们来说已经不同
> 我们对世界也是如此，这一点我想你知道
> 不要走，我想你留
> 我恳求你，不要离开这里
> 我不想你因受过的伤而怨恨
> 世界只是幻觉，尝试将你改变
> 不要走，我想你留 [1]

---

[1] 节选自歌曲《幻觉》(*Illusion*)，VNV Nation 乐队。

他不理解她为什么要离去，不理解她为什么要对两人间的"魔法"视而不见，他明明都已经做好了牺牲一切的准备，只要能让她留在身边，只要能再次互诉衷肠，只要能再听见她的声音……

除了想和她根系相连、肌肤相亲、灵魂相合以外，他茶饭不思。所以他的心才会滴血。我们都知道，误解所造成的伤口总是比其他伤口更疼，无法结痂，永远流脓，感染不断，直到让心脏完全坏死。

她的电话响起时，他正是在这样的慢性死亡之中。

其实，就算梦魇没有入侵，她早晚也会给他打电话的。她只是需要时间理清头绪，同时安排好自己的生活。实际上，她已经为他放弃了一切，只不过还没有告诉他而已。巨大的眩晕感让她无力面对，自责压住了她的胸口，她觉得自己不配追求幸福，只能在灵薄地狱的哀伤之中沉沦，永无天日。

有时候，她会在睡前遥想旧日里灯塔看守人那可怕的孤独：周围是黑夜，是波涛汹涌的海，能够与自己做伴的，只有自己——或许还有自己的恐惧。但离开这种状态也很简单，只需要在某天清晨打开塔门，从此远离大海。这样就能忘记黑夜里硝石的味道，忘记海浪声拍打着的床榻，忘记那单调的摇篮曲。她此时就是如此：解决办法就在她手边，但她却无力执行，感觉自己被漠然压垮，一种惯性的漠然，令人无比舒适。懦弱的人在其中踌躇不前，却因此得到庇护，就好像漠然成了痛苦的解药，而非不幸生活的罪魁。有时候她想，这几年来自己都是这么过的，日后或许也会如此。但这一天终于到来，她迈出了第一步：她关上塔门，将困在日常生活里的爱情留在身后高耸的圆形高墙之中。在做完这个决定后，她没有马上鼓起勇气，奔向属于自己的幸福……而正在她犹豫之际，命运又一次将她召唤。

陌生的女人打开房门，二人紧紧相拥，无须言语，紧抱的双臂勒疼了皮肤，压得骨头嘎吱作响。两人像动物一般喘着粗气，用亲吻抽干了彼此的呼吸——其余的事可以之后再做，眼下还是拯救世界要紧。

梦魇的飓风

困苦者来到了那一边。这一次,他的精神状态比往日里更加恍惚:头脑昏昏沉沉,思维也浸泡在药物和朗姆酒里。他几乎失去了意识,连自己在彼界做了些什么都不知道。他刚到那里就被一股强烈的不安占据了身体。他只留下了这次旅行和以往不同的印象。在强烈的眩晕感中,他隐约感到,这次旅程恐怕会有去无回,因为这一次,他失去了与自己肉体的联系,那条紧牵的线虽然看不见,但此前一直清晰可感,令他安心。而现在,直觉告诉他,回家的路已经消失——糖果屋外没有留下面包屑[1],阿里阿德涅

---

[1] 典出格林兄弟所录德国童话中《糖果屋》(又译:《汉塞尔与葛丽特》)一篇,两位主人公第二次被丢入森林时,沿路留下了面包屑作为标识,但被鸟儿吃掉,于是迷了路。

的线绳不见了踪影[1],四下里也无黄砖指引他返回[2]。

他很困惑,于是前往查看那些生物是从哪里冒出来的。实际上,正是他那不可思议的头脑用此间的原料造出了那些生物,而他自己却不知道这一点,更不知道他这么做会有什么后果。他的思维混沌无序,这些未成形的团块数量又是如此巨大,它们围着他疯狂地旋转,趁其不备吸收着他最隐秘的欲念,最终在他四周舞成了一道龙卷风,形成了催人发狂的涡流。他身处其中,感到内心越来越空虚,身体越来越轻,渐渐失去了一切念想。它们时而又从旋风中被甩出来,化作一摊摊溅开的墨痕,打在周围的表面上——连最病态的头脑都不敢想象如此谵妄的造物。在他脚下,地面传来轻微但持续的震动,怪物们疯狂的旋转在地面上钻出的裂痕似乎变得更深。

梦魇在成为真正的梦魇之前,只是一团可塑而不稳定

---

[1] 典出希腊神话。阿里阿德涅是米诺斯与帕西淮之女,她爱上了雅典英雄忒修斯,并给了他一个线团。忒修斯用线在关押弥诺陶的迷宫中标识来路,于是在杀死弥诺陶后顺利逃离了迷宫。

[2] 典出李曼·法兰克·鲍姆的小说《绿野仙踪》。主角桃乐丝踏上了用黄砖铺成的路,从小人国到翡翠城去寻找魔术师奥兹帮助自己回家。

的活体物质，没有固定的形态，也没有自己的意志。它们像一团团随处漂游的海绵，贪婪地吸取其他生物的情感来进化自己。有时候，到访的睡梦者会受到它们的吸引，反之亦然，而睡梦者在与它们相遇时会在不知不觉间创造出新的造物。此类造物被睡梦之人最强烈的情感所支配，这类情感通常是：恐惧、复仇、爱欲。从这种结合中诞生的东西是其创造者扭曲的、隐秘的欲望的反映，其智力与最终形态都无法预知。在脱离母体之后，它们也可以重新找回和其创造者之间的联系，但只能在世界之门开启之时；此时睡梦者要么在梦中，要么因为其他一些原因打开了自我的感知之门——进入冥想状态，罹患精神分裂症，烧到不省人事，意识被篡改（服用成瘾物或受到催眠），等等。它们想要回去的时候，也要从这些门原路返回。梦魇在这些门消失之前必须返回，因为此时主体已经开始有了苏醒的迹象，或者即将变化自己的思维状态；而思维状态的改变往往需要一定的时间，这段时间有时会被无限延长，主体也随之进入半无意识状态，在半醒半梦间产生幻觉。

困苦者完全不知道自己的所作所为会带来什么样的后

果，也不知道自己真正的本质，他全凭着对寻求解脱的强烈渴望行事。终于，他失去了感觉，失去了思想，也几乎失去了生命。一切都脱离了他的掌控，现在的他没有了自我意志，彻底在其造物手里沦为工具，许多梦魇从涡流钻开的裂隙里鱼贯而出，来到了清醒世界。幸运的是，陌生的女人恰巧就在这座城市，也看到了第一批漏网之鱼。她见证了维持着宇宙秩序的平衡走向终结的开始。

梦的维度

　　一阵风吹起陌生女人柔软的长发，她紧握着陌生男人的手，两人从高处一齐望向地平线。他们的目光里闪烁着决心与力量，足以撼动山海，令此世与彼世胆寒。"千年隼"号，《星球大战》中"银河系最快的飞船"停在他们身边，引擎没有发动。目之所及皆为荒原，萧条，泛着红色，其间散布的石块，颜色介于白与银之间，像不透明的冰块，泛着不真实的钝光。在他们下方低一些的地方，有两个生物正不安地徘徊。它们体型庞大，长毛蔽体：一个长得很像卡希克星[1]最出名的伍基人；另一个长着黑色绒毛，手掌硕大，前肢长长的，獠牙从沾满黏液的下颌尖尖地伸出来，活脱脱一个噩梦里走出来的污秽之物。丘巴卡，也就

---
[1]《星球大战》系列作品的神话世界中，丘巴卡的母星。

是那个伍基人，是陌生男子的向导与旅行伙伴，它在飞船旁紧张地踱着步，时不时看向两人；而黑色怪物正沿着一条小路走来，因为透视的关系，它看起来不大，但那绝不是它的真实大小。在场的人都没有流露出害怕的神色。但恐惧确乎存在，只是隐匿于两人不动声色的面容下，又被瞳仁里熊熊燃烧的火焰所掩盖了。

这不是陌生的两人第一次共赴彼界。之前他们还一起来过一次，但那次是计划之外的，却也是情难自已、命中注定的。

"噢！"她开口说道，"原来真的和坐太空船一样啊？真是舒适又特别的体验！你别说，我还挺喜欢你的方法的，看得我都想学了。"

"我一开始就是这个方法，而且小丘也一直陪着我。我第一眼见它就觉得它像星战里的人物了，然后就会不自觉地想，要是这里再变一点，那里再变一点……结果就成真的了，它真的变得和丘巴卡一模一样了。它教会了我旅行的方法，还帮我造了飞船，我能来到这里完全是拜它所赐。我猜想所谓的'旅行方法'其实只是我们思维构造出的具象,所以我们俩的方法才会不一样吧。我觉得导师的任务就是让我们看到可能性,帮助我们具象出自己的方法,鼓励我们去发现第一眼无法看见的真实。在这之后,我们就能用导师帮忙构建的方法继续旅行,这样更省事也更省力,毕竟这时候我们还缺乏训练。再之后,即使我们已经训练有素,但最初的旅行方法也还是固定下来,成为我们的习惯。就像我们习惯了开自己的车,开自己家的门一样:熟悉的旅行方法也能给人安全感。不管是我小时候最渴望得到的"千年隼"号,还是死亡用来接待你的房间都是一样的,管它们叫作过道也好,十字路口也好,门也好,总之它们都是连接两个世界的安全之地。虽然具体呈现出来的形象不同,但本质是一样的。"

"我也这么想。说到底,这一切都是从我们的头脑里来的,我们在这个世界所经历的一切也取决于我们的内心。"她点了点头。

"现在走过来的这个是你的怪物吧,看这样子,你创造它的时候一定吓坏了吧。真是可怕的生物啊,这副模样光是想想就能让人起鸡皮疙瘩了。"陌生男人由此想到她幼时那扭曲而黑暗的内心，不禁打了个寒战。

"小怪的外表确实很可怕，但要不是它一直在帮我，我也当不成睡梦者。那样的话，我恐怕早就自我了断了吧，成天生活在恐惧之中，无法理解这一切，真是不死也要疯了。"

一想到还有这种可能，她就脊背发凉。不过，她并不怕死，相反，她对死颇为了解。对她而言，死亡本人就是她通往彼界的向导，更何况她自己也早就知道了人死后在那边过得不算糟糕。这个结论可是有充足的一手资料支撑的：她亲自和不少逝者有过交谈。真正令她恐惧的是这样一种可能性，即怪物从未成为她的导师，从未在永夜中给她以指引。

"不过呢，"她又说道，"我确实是把它想象得太恐怖了些，但一开始谁知道这样就能创造出一个实体呢？你懂我的意思吧？"

"这个地方真有意思，和我们的联系是那么紧密，我们孕育了它，塑造着它，改变着它，但它却还能同时保有自己的特性。我们永远无法完全理解这一切。"

"我想重要的或许恰恰是不要尝试去理解这一切，不要使用理性，也不要用我们这个维度的标准去下判断。"她回答道，"不过我想这一点你应该早就知道了吧：必须像水一样流动，用灵魂，用精神，用我们身体里不为尘世律令所限的、让我们得以自由穿梭并成为我们自己的那部分，用我们的核心与本质，去感受这个世界。不过，长篇大论还是赶紧打住吧，还有另一边的世界等着我们去拯救呢。从哪里开始好呢？"

陌生女人说这话的时候，一抹苦笑扭曲了她原本自信满满的笑容。她很害怕，很紧张——生活可不是英雄电影，总能有一个大团圆结局，她也很难像主角一般镇定自若，临危不乱。

"先找找看吧，没有更好的办法了。别松开我的手。我们要共进退：两个人在一起才会更强。"

"我不会松开的。"说着，她把他的手握得更紧了。

他们在荒原上奔跑，欲念合一，思维相融，成为一个整体。在这变化莫测又形态万千的梦境世界，人是很容易迷失的，但他们现在已然合二为一，再不会彼此分离。其实，二人的结合不是一蹴而就的，而是从他们相遇的那一刻起就已悄然开始。而今，两人的梦交织在一起，盘根错节，这种魔法让他们的身体熠熠生辉，让他们的联结超越世间的一切，在他们周围铸起光环，这光环令整个宇宙都为之震动，震动的频率无人知晓、玄之又玄。

在边界的另一侧，一个叫作"遗忘之地"的地方，离二人近在咫尺却又远似天涯的地方，天使就在这里。她守在一动不动的二人身边，见证了他们的光芒，甘愿用生命将二人守护。

前往飓风之眼

在二人印象里，彼界从未如此荒凉，哪怕是他们头几次造访，还不知道此间的物理法则任凭他们创造的时候，这个地方也比现在好得多。刚到此地，他们几乎就立刻察觉到了不对劲。他们没有猜错，入侵清醒世界的源头很明显就在这里。地面不时地晃动，就好像遥远地震的余波不断地在此间发出毁灭的回响，但这并不能阻止二人探索的脚步，空气中不同寻常的阵阵气浪也不能阻止他们。这奇怪的震颤反而帮他们定位了扰动最强的地方，引导着他们向灾厄的源头前进。

梦境世界本来是两人都再熟悉不过的地方，但现在却让他们几乎认不出来。两人的想象力同时在与这个世界的核心发生交互，因此，可以说他们其实是在彼此的思维中漫步。这种感觉真是奇妙：此刻他们脚踩的地面，呼吸的空气，乃至周围的一切，都是两人的杰作。

清醒世界里时光流转，过去的几日在梦境世界里却像几个星期那么长。陌生的两人还在走着，像是走在了永恒之中：他们还没有到达目的地。他们各自的怪物有一阵子没有出现了，他们也没有找到其他能交流的生物。命运此时没有给予他们任何帮助，就好像在危险面前将他们抛弃，要让他们自行解决困难似的。他们时不时会在路上遇见各种样态的存在，但一个个都活像布景道具一般，完全无法交流。于是他们突然就明白了，它们纯粹是由幻想构成的：没有自我意志，只是空气与色彩。他们眼前的景色与真实世界的极其相似，但颜色却严重失真。在这样的舞台布景中，一个个形象次第出现，鱼贯而行：他们喜爱的影视作品中的场景、画中逃出的图像、思维的造物、欲望的对象……就像一部超现实主义电影在3D影院穹顶状巨大荧幕上的投影一般。他们看见一艘飞船平稳地划动空气，状如海底世界巨鲸温和地划动海水的肚皮；看见一只长颈鹿长着不可理喻的长腿，漫步在文艺复兴风格的宫殿的立柱之间；看见一艘船在湖面穿行，驾船人半梦半醒；看见宇航员在巨大的棋盘上下国际象棋，和他对弈的是一只穿着天鹅绒背心的白兔，双方都处在发光的黑色石碑的阴影中；看见化装的音乐家演奏无声的乐曲，台下的听众是岩石与树木，长着手和眼，红蚂蚁正从它们身体里冒出来，汇成一股股活的殷红；看见猫头鹰专注地行走，时而幻化成人形，一会儿是白色，一会儿是棕色……他们"曾见过你们人类无法想象的美"，诚如罗伊·巴蒂在雨中最后的独白所言[1]。

他们走啊，走啊，终于体力不支，几乎再也迈不动一步。死在这里的可能性已经变得如同脚下坚实的地面一样清晰，但他们知道，如果不尽自己的最大努力找到平衡被破坏的原因的话，他们将必死无疑。

陌生女人手里握着一枝小花，随着时间的流逝，这朵花正在变黑。这其实是从一部科幻老片中借鉴来的桥段，她把这个把戏运用在此次旅途中，用花朵的颜色来表示他

---

[1] 罗伊·巴蒂（Roy Batty），电影《银翼杀手》中的角色。电影原台词为："I've seen things you people wouldn't believe."。

们的身体在另一个纬度里可能遭受的损毁程度。握在女人手里的花朵有着重要意义，它左右着陌生两人返回原来世界的可能；在所有颜色中，黑色预示着最坏的结果，它代表着肉体的死亡，也就是说，返回的可能性为零。

旅途开始之前，两人已经考虑到了最坏的可能，所以他们都没有携带任何可以追查出他们身份的物品：他们没有开车，没有携带任何身份证件，也没有带通信设备。只要他们的身份不明，在不幸提前被发现的情况下，他们就能争取到更多时间来完成任务。他们也不想让在意自己的人们看见自己这副模样，而如果他们真的死了，那一切就也都无所谓了。事实上，这世上可能也再没有其他会为他们担心的人了。他们找到一家破旧的小旅馆，给了一笔可观的小费，最终没有出示身份证明就顺利入住了。"这也没什么好奇怪的，"旅馆前台想，"他们看上去不像坏人，可能是哪个大明星吧。我反正是赚到了。"他们一进房间就在床上躺了下来，陷入沉睡，在脑海中想着彼此：她带着与他并肩旅行的渴望，他期盼着在路途中迎她入怀。

就这样，两人在另一个世界的奥德赛拉开了帷幕，死亡和生命密切地注视着这一切，一个不耐烦地嚼着自己的骨头，另一个走到哪里就让植物胡乱地生长到哪里，全然无视逻辑与秩序，心思完全不在自己的工作上，而在不归她管辖的另一个世界那边。

预示黑暗的鸟儿

时间继续流逝。陌生两人力量渐渐耗尽，周围的景色无非是同样的荒凉、单调、乏味，侵蚀着他们的决心和耐心。他们的思维催生出的幻景也有好一阵子没有出现了，这或许是因为两人都不想分心，因此都在有意无意地避免着与任务无关的交流。其实打从第一次见面开始，他们之间的谈话方式就与众不同：总是灵光乍现，远在我们的理解之上，每分每秒都变换着话题。一旦开始专注于彼此的话语，他们就会忘了时间，分不清场合；而在这紧要关头，身处如此紧张的环境中，潜藏的危险像休眠的火山一般随时可能爆发的时候，交谈并非明智之举。

陌生女人突然停下脚步。转机出现了。这是一个微妙的细节，能够逃脱任何不熟悉自然节律之人的耳目，而她并非其中一员。她总是凭借敏锐的感官存活，聆听每一处响动，细嗅每一丝气味，静观每一个细节……这样的生存方式让她频频失眠，也让她难以放空自己，好好休息，这就是她最大的两个问题。不过，在遇到危险时，敏感就变成了她的优势，让她警惕身边的险象环生。她听见了"鸣叫黄昏之鸟"，她这样对陌生男人讲。

"什么鸟？"他愣了一下，又问道，"你这是什么意思？"

"是一种会预告天黑的鸟，我不知道它确切的名字，但刚才的叫声很像。我家附近的森林里就住着这种鸟，太阳一下山就会开始啼叫。刚才的叫声比我听到过的它们的叫声要大得多。相信我，确实存在这种不完全属于人类世界的鸟类，它们受死亡之命，往返于两界之间，宣告着黑夜的降临。当太阳消失，森林里开始变暗，就会传来它们的歌声，孤独、庄严、深邃，预示着天光既尽，夜幕将垂。于是，日行动物退散，飞鸟归巢，夜行动物登场。是时候入梦了。我在书中读到过萨满所言，说黑夜降临时，两个世界的边界会变得模糊。我想死亡派出的鸟正预示着混沌时间的开始与两界间裂隙的出现，萨满所说的'往返于两界之间'应该就是通过这种裂隙实现的。我不知道萨满所言是不是真的，但感觉他们和我们确实殊途同归：或许他们也能像我们一样在两个世界间穿行，只是方法不同罢了。夜晚的几个小时过去之后，那只鸟就会开始唱诵黎明，它会发出悠长的颤音，其他鸟儿也会喜悦地用同样的叫声相应和。于是，黑暗的时间就结束了。这个过程我已仔细地观察过上千遍，所以结论应该没有错。我想，这些鸟今日为我们歌唱，应该是想告诉我们要抓紧时间了。骨头人派它们前来就是一个征兆，我们切不可忽视。"

陌生男人认真地听着。鸟儿的鸣叫如精准的子弹穿透他的胸膛。那是黑暗之声、神秘之声、不安之声。是的，要抓紧时间了。

他们定睛一看，只见远处似乎有飓风之形——在他们的世界里，感官失调者眼中的风也是这样撞击着地面的沙砾土石，扬起乌压压一片尘埃的小恶魔。他们并未觉得奇怪，毕竟这个地方好像随时都会被撕裂。

不久之后，地面又开始缓缓移动。他们紧紧相拥，紧到骨头都要折断。他们感到害怕，但还是亲吻着彼此，然后手牵手向着旋风走去，去寻找他们不知道是什么，也不知道该如何应对的东西……

世界终极之眼

飓风的低吼搅扰着二人的心绪。气流被吸入所发出的摩擦声刺耳而持续，如同我们想象中巨大飞船在真空里发出的异响，或是行星轻抚其永恒轨道时绝对寂静的哀叹。这是极具破坏力的音乐，是由收录了科幻电影中所有引人入胜音效的怪诞合成器制作出的奇异混响。这是能钻进听者体内的声响，音浪震颤了肝肠，在皮肤上掀起涟漪，是迪吉里杜管[1]雄浑的呜咽，也是催眠磬声的醍醐清音。这声音不可思议，催人癫狂，引人入胜。

陌生的两人靠近了飓风，但没有靠得太近。在情况不明时贸然靠得太近是很不明智的。他们莫名地感到那一定就是震颤的中心，就是他们一路上一直在寻找的东西。当

---

[1] 澳大利亚原住民使用的一种管乐器。

然，那也可能是他们的死灭，是世界终结的开端。他们在安全距离外观望，只见许多存在被涡流从地面连根拔起。这场景如此可怖，但他们已经下定决心要穿越风暴，发现隐藏其中的东西。

⁓∾⁓

死亡和生命紧跟在二人身后，向他们吹拂着勇气和力量，用全部的目光将他们注视，不耐烦到了极点——众所周知，神们都希望自己的意志尽快得到执行。在二者之中，死亡的不耐烦尤甚。毕竟这一切都发生在她的辖内，而她却只能袖手旁观。她急得想要对他们大喊，别怕，直接走过去就行，只要相信自己，混沌者思想的旋风就不能伤他们分毫，眼前怪异的景象必然会在他们必胜的坚定意志下俯首称臣。但她没有叫喊，她只是焦急地把掌骨捏得咔咔作响，来回踱步，试图平息自己狂热的思维，冷静自己焦躁的心绪。她等待着，只觉这难耐的等待时光比她治下的永恒还要绵长。

问题不止于他们眼前如堡垒一般耸立的飓风。还有那些已诞生的造物：病态思维的产物，已经成长得足够强壮，拥有了实际形态，不会轻易地消失。它们中有许多还未发育完全的怪胎，还只是未定型的生命片段，不能自成一体、没有自我意识的失败试验品，无目的之物未成形的器官，不可能身体的残肢与下水，未完成的谜团。更有那些令人害怕的造物：它们出生时就已经十分强大，活像小型的困苦者本人，或者就是他的倒影，只不过升华了他身上的黑暗特质，披上了不可预知的外衣。这类造物之所以可怕又危险，是因为它们具有一定的智能，意志坚定，已经做好了杀害他人来延续自己生命的准备。再者，它们现在是在自己本来的世界里，所以会更强，不动手的话是吓不走它们的。有必要将它们摧毁，原因有二：其一，两人决心要接近并穿过龙卷风，但它们挡住了去路；其二，让如此强大的梦魇自由行动而不加干涉的话，会带来巨大的风险，乃至破坏整个宇宙的平衡。

陌生的两人在此前的人生中已经和梦魇打过无数次交道了，但抛开与各自导师最初几次的会面来看，他们还从未见过梦魇能有如此的规模、如此的力量和智慧。此刻，两人要不是身体里燃烧着绝望的熊熊烈火，说不定还会感到害怕呢。不过，他们都接受过严格的训练，将消灭敌人视作第一守则，因此绝不会怯战。况且，此刻的他们灵魂已经合二为一，目标也完全相同，因此力量成倍增长，快要突破惊人的极限，几乎要战无不胜了。

他们别无选择，只能带着决心与满腔怒火继续向前。梦魇们察觉到了他们靠近的意图，其中的一些于是混乱而无序地向他们冲了过来。怎么说呢，这乌压压的一片虾兵蟹将，像是更具智慧的那群梦魇麾下的杂兵。与此同时，其他形态各异的存在也在集结，最终列成杀阵，一举进犯，其势高屋建瓴，其速迅疾如风，将本就猛烈的龙卷风怒放成更骇人、更疯狂的花朵。于是，裹挟着无数魑魅之体、魍魉之形的涡流，横冲直撞地席卷而来，令人毛骨悚然，心胆俱裂。

二人心意相通，同时将手掌对准了前方袭来的梦魇，从手心里发射出澄澈的黄色光芒，铸起保护的圆盾，阻止梦魇近身。爱意、决心、意念、仇恨共同迸发出的强大神光，将妄图冲破防线的梦魇击落在地。

挫败了梦魇的第一轮进攻让两人备受鼓舞，愈战愈酣。胸中义愤得以餮足，战意于是更加癫狂，与死的恐惧和生的本能交织在一起，给二人披上一道血染的面纱，盲了他们杀红的眼。杀戮的机器已经开启，再没有什么能阻止其运行。要是难免一死，那也会是在对地狱风暴中梦魇的屠戮里站着牺牲。

从他们手中倾泻而出的光芒转守为攻，从明净的黄转为暴虐的红。他们将仇恨注入光芒，形成了强大的、毁灭性的力量，将眼前没有防备、毫无招架之力的怪物一个接一个地消灭。在死亡之国的历史上还从未有过如此大规模的梦魇屠杀。

睡梦者最大的威力就在于他们能自如地控制自己的情绪。而陌生的两人内心有着许多黑暗，疏浚得当的情况下能升华为黑色力量，运用于战争之中，和爱的力量一起组成攻无不克的连击。

接下来要做的便是穿越龙卷风，而他们完全没有时间补充刚才的能量消耗。他们的怒气还未完全熄灭，仍在全速奔跑着,踏过地面,掠过天空——地面尸横遍野,被击落的梦魇正在枯萎、消失;天空残肢如云,怪物的碎块仍旧悬浮在空中。他们心怀战争的狂热,不觉间已经穿越了移动的环形围墙,进入了飓风内部。出乎意料的是,里面一片祥和,他们仿佛进入了一个漂浮着的平静水泡,梦魇搅起的浊流与纷扰被隔绝在外,耳畔唯余呼啸的风声。

水泡中心,一名男子盘腿而坐,仿佛已经失去了意识。他双眼空白,凝固的脸上是苦难与欢乐铸成的神情,让人不禁联想起文艺复兴时期圣徒雕像脸上的宗教狂喜。从他头部延伸出光的触手,与龙卷风旋转的外轮廓相连。还不清楚他是在汲取养分,还是已沦为阶下囚。实际上,要是毫不知情的话,眼前的景象会被误认为是纯粹状态下的物质与思维创造的能力之间的完美共生,二者之间迷人的交互生出了具有非凡潜力的造物——这种共生必须予以制止。

他们靠近这个男人,尝试和他沟通,但没有回答。他们又摇了摇他的身体,但还是没有反应。他们尝试了很多次都未成功。最后他们想到,可以和这个神秘人手牵手,组成一个三角形，试图与他建立联结。他们这样做了，却发现自身已经陷入了无限的空虚之中，进入了最残忍的痛苦的内部：这是一种纯粹的痛苦，空洞而深邃，没有任何方法可以缓解。他们立刻知道，要想阻止这个在梦里迷了路的男人，必须先唤醒他现实中的肉身。很明显，只有一个办法可以做到，即破坏他与飓风的共生关系，这样就能斩断维持着怪物旋转惯性的可鄙的联结，从而关闭已经开启的两界之门。如此一来，迷途的梦魇就会自行消散（它们入侵的地界本就不是它们该去的地方），灾难也会就此停止。

他们屏息凝神，将剩余的最后一点力量集中在一起，试图割断连接着混沌者头部与漏斗形怒流的双向光束。二人的最后一搏终于停息了涡流波澜壮阔的旋转。静止了的无形之物散落成碎片，从男人浑浊的创造渴望形成的致命引力中分崩离析，在远处溶解、消散。一些刚被赋形的幻影还在原地盘旋，但也只不过是没有实体的残余，早晚必将自行消失。不久之后，世纪末日后的荒凉景色里，只剩下了他们三个"特殊能力者"：一个是失去知觉的混沌者，另外两个是快要失去知觉的睡梦人。三人的双手紧牵，他们不想迷失，也不想孤独地死去。

由混沌者化身而成的梦魇制造机器已经停止运转，世界间的裂隙就此闭合，入侵随之结束。但如何返回还是一个问题。他们已经筋疲力尽了，在没找到回家方法之前就可能命丧于此。

突然，某种不知是祈祷、理性还是强烈欲念的东西起了作用，他们无意识里请求援助的心声穿越了世界的屏障——天使，他们的天使，梦到了他们。

巫女

"母亲,你一定要帮我!我和你说过的那对情侣,那两个不放开彼此牵着的手的陌生人,他们不对劲了,他们身体周围发出了奇怪的光;我感觉到了,温暖又强烈。我本来想见面的时候或者看见其他异常了再和你说的,但现在情况紧急,我只能求你跑一趟了。他们在做一件很要紧的事,而且现在情况很不好。我刚才梦见他们了。他们在另一个世界,还像医院里一样牵着手,不过他们在那边是醒着的。具体原因我不清楚,但我想我知道他们现在很危险。我在内心深处感觉到了他们的恐惧,但我不知道该怎么做。这一切都很奇怪。不只是他们会发光这件事,其实在他们入院前我就梦见过他们。他们被送过来的时候我就看着眼熟,但不知道是在哪里见过,后来我又梦到了他们一次，这才意识到的。我必须去他们现在所在的地方，去找他们，当面问他们需要什么帮助。我不知道要怎么做，也不知道为什么，但他们现在全靠我了。母亲，你比我强大得多，求求你一定要过来帮我，我一个人可能做不到。"

天使说得很急，但母亲却完全明白女儿的话，她这位地球上最强大的巫女可不是白当的。她对另一个世界的存在、对能前往彼界的能力者的存在早已了然，对平衡被打破的事实也能猜知一二。因此，听到女儿对那两人的描述后，她几乎立刻就断定他们此行正是要寻求解决之法。

巫女一族虽然能隐约看见另一个世界里的东西，但却只能在清醒之界行使她们的禀赋；尽管如此，母亲也很清楚自己应该怎么做才能帮助他们在完成任务后顺利返回，如果这一切还来得及的话。

"我现在过去，孩子。举行仪式的时候，周围不能有任何人在场。除了我，只有我能接触秘密。我们将请求神的准允，让你在我未死之前就先接触它，因为你是我百年之后的继任者。我们要倾尽全力帮助他们，不过……"母亲犹豫了片刻，继续说道，"不过我不知道能否成功。我们的能力不允许我们在世间穿行,更别说把其他人从一边带到另一边了。"

一千零一种疑惑敲打着女儿的心。她知道家族中的女性都有着神秘的力量,也了解她们和神明崇拜的关系,但她还有许多事不明白:母亲的身份是什么?成为继任者意味着什么?……但现在不是问问题的时候。

"必须就在今日,没时间了,他们坚持不了多久。夜班的时候没人。"天使回答道,"我等你过来。"

母亲已经以巫女和神的大祭司的身份在地球上经历了许多事,但这一次,她认为光凭自己的力量远不足以解决问题。她回到祈祷的处所,准备好祭坛来寻求生命的帮助;神回应了她的祈祷,吹来一阵风,打开了保存着秘密的柜子,里面的塑像象征了她与神的关联,也蕴藏了她几千年前的一部分力量。她知道,神已将秘密赐给了自己。

弥诺陶[1]之宫

  大祭司走得很快,她祭祀的礼裙长长的,在地面上飘动,她自己仿佛也飘浮在礼裙上缝着的刺绣、嵌着的宝石和镶着的由无数教民献上的什物之间;她的胸脯被束胸裹着,袒露在外,象征着丰饶,每走一步都会轻微地晃动。在她身后,两名辅祭穿着款式相同但没有装饰也没有徽章的祭袍,更衬出大祭司身份贵重。她们手上都各自拿着一个希腊式双耳土罐,里面盛着三种珍贵的液体,都是今晚公牛节仪礼中要用到的:一罐是血色红葡萄酒,产自克里特岛本土肥沃的梅萨拉平原上最珍贵的葡萄藤,只一口就能浑浊人的理智;一罐是从神圣的橄榄树果实里炼出的油,

---

[1] 又译:"弥诺陶洛斯",希腊神话中牛头人身的怪物,由克里特之王米诺斯之妻帕西淮与公牛结合而生,后在米诺斯的授意下,被囚禁在专门为之建造的巨大迷宫之中。

比熔融的黄金还要珍贵；一罐是蜂蜜，香甜可口、不易腐坏的琥珀色液体，将与神殿祭坛上已经摆好的牺牲与谷物一同献上。

伴随着小心谨慎的步伐，她们手臂上蛇一样环绕着的手镯时而相互碰撞，时而碰到手中的陶罐，发出叮叮当当的乐音。大祭司清楚地感觉到自己礼帽之下的汗滴。在似要把皮肤点燃的炎热空气里，飘来日光炙烤下葡萄微甜的香味和无花果树快要结果时散发出的特殊气息。城镇的街道满是忙碌的氛围，数百个家庭正在赶制仪式上要用的食物，数百个烤炉升起炊烟。公牛节一直都是个特殊的日子，这一天里，所有人似乎都在围着神殿忙上忙下。祭司想，在众神的眼中，这幅场景或许就和我们看到的，冬日迫近时围着蚁穴储藏室打转的"热锅上的蚂蚁"一般吧。男男女女用推车装着食物和饮料在街上穿行。三位女性走过时，所有人都向她们鞠躬致意：新婚的少女抚摸着自己的肚脐，男人们则用兼具崇敬与欲望的目光盯着代表着大地女神的少女的胸脯，嫉妒着今晚要在神圣的交媾中扮演神牛的那个幸运的男人。

大祭司的思绪飘往远方。一想到这将是她作为岛上最高宗教代表的第一次也是最后一次仪式,她就心如刀割。自从孩提时代起,命运就将她这个被遗弃的孤儿献给了神,大祭司的职位也一直为她保留着。从来没有比她更虔诚的侍童,也从来没有哪一个辅祭如此明确地被神选中:她走过时,每一个足印都会散发出神奇的光芒;这一切的一切,连同某个秘密一起,提前决定了她继任者的身份。从来没有哪个大祭司像她的前任那样如此肯定谁应该成为继任者,并在她把灵魂交给母神之前就宣布她是被选中之人。自那时起,之前赋予她人生意义的事物尽数失去了意义,因为她已经有了新的使命:她的荣耀是终身的,无法放弃,不能一走了之,也不能托付给下一个人。她不得不悄然离开,尽管神清楚地知道,她本希望在故土安度余生。她怀着无限的痛苦,决定第二天就走。或者再等一天也好,等她从神圣之夜的蹂躏中恢复过来再离开。

她记得几个月前的那个清晨,神在她面前现了踪影,散发着至美的圣光,如爱一般温暖。她听见神的声音,觉得自己的生命霎时间怒放开来:

"你必将前往命运之岛拜访我的女儿，请她为你歌唱。在她的歌声中，你将找到智慧与未来。你若因她的昭示而战栗，因她的意图而痛苦，因她的要求而困惑，那么，你就有福了，因为你必将聆听她的歌声，服从她的话语。我说的话，不要告诉任何人。"

她还未能回答，甚至未能鞠躬行礼，神已经消失，只有她最后一句话语还在空中回荡，冲击着大祭司的灵魂："不要告诉任何人——何人——何人——"

传说在命运之岛，也就是母神之岛上，坐落着原始女神的子宫，从中孕育出了现今所有的生命。那是一个神圣的石窟，自古以来一直由命运编织者们守护。据传，母神会借由命运编织者之声言说命运，所以她们的歌声能预示即将到来的真相。而几乎所有的传说，都源于现实。

要前往命运之岛，很难逃过船员的耳目，而大祭司最不希望的就是引起别人的注意。多亏了神的眷顾,这个时节寒风吹彻,她可以用冬衣掩藏起自己的身份。她选了一件厚实的粗羊毛斗篷,把自己裹得严严实实,又用斗篷上的兜帽遮挡了面容。凡与神相关,须万事谨慎。这是圣徒们要学习的第一条戒律。神秘和仪礼是人民信仰的基石。任何教宗,无论信仰为何,其高层必深谙此理。

临近岛屿间的旅行通常依靠小船,但小船是无法抵御这个时节里肆虐的寒风的。祭司听人说,那个"埃及人"有一艘非常奇特的船,甚至在伊拉克利翁城之外也赫赫有名。人们都说那艘船像海豚一样灵活、小巧,又像鲸鱼一般稳固、坚毅——正如船的主人,据说他体内藏着鱼的灵魂。这名无畏的冒险家从克诺索斯[1]出发探索远洋,几年间,他遍访边陲之地,目睹了最奇异的文明,其足迹远至繁荣的埃及。他从那里带回了智慧与新观念,荣归故里后计划打造一艘新型船舰,将克里特岛的传统造船工艺与埃及航海技术的最新进展融为一体。这样一艘船正是她所需

---

[1] 米诺斯文明时期克里特岛最重要的城市,其遗址位于今希腊伊拉克利翁市东南约 5 公里处。城内有克诺索斯宫(palacio de Cnosos)的遗迹,克诺索斯宫被认为是希腊神话中米诺斯王的王宫。

要的。

她找到他时，太阳已高悬海面之上，颜色已从初生的橘红转为全盛的金黄，她没费什么工夫就在港口谈生意的商人与运输货物的壮汉中找到了埃及人。她很惊讶，有如此大的名望的人竟然如此年轻，但她确信无疑——男人仿照着尼罗河地区的居民在眼睛周围画有纹饰[1]，这毫无疑问指明了他的身份。

"我知道现在不宜出海，但你能带我去命运之岛吗？风险我了解，报酬好商量。"说着，她将一个满当当的小袋子放进他手里。男人看着，勾起一抹微笑。

埃及人不会拒绝挑战，也不会被危险吓倒，更不会错过一笔好生意。不过除此之外，还有别的理由让他愿意接受请求。

"您想什么时候出发，女士？"

"尽快。"

"如果您能给我一小时来召集船员的话，我们今天就可以出发；白日还很长，地方也不远。"

---

[1] 此处或对应现实世界里的荷鲁斯之眼，即真知之眼，又名埃及乌加眼。

"就这么办,"她说,"请务必保密。"

⸙

她从未产生过涉足圣岛的念头,而今她的双脚却踏上了这片神圣的土地。没有任何戒律阻止她登岛,只是她自己从未有过这种需求。神的踪迹已常伴其身,甚至在教区外她也能看见神迹。神的踪迹,在树上如奇迹般生长的每一片叶,在喂养她人民的每一粒粮,在庇护她足迹的每一抔土,在孕妇丰饶的子宫,在疗人饥渴的泉水,在让作物生长的太阳光芒:神的踪迹,在一切生命、一切生机之中。而直到此刻,踏上岛屿之际,她也从未想过去询问自身的命运——她一直认为,自己的命运必将与她的信仰、她的追随者、圣殿和公牛王紧密交织。

上岸之后,她立马就感受到了从石窟中散发出的强大力量。走在洞穴之中,就连呼吸中都满是生机。此地比神庙本身更加神圣,比她去过的任何地方都更加神圣,甚至连空气中都弥漫着宗教的庄严。她于是明白了为什么信徒们会说，人在母神之岛能返老还童。

　　狭长的岛屿上，只有其中一端存在一处可供船舶停靠的海湾，但却十分窄小，不过与岛屿内部不同，此处没有树林和灌木，视野开阔，从海岸上望去便可尽收眼底。在码头附近有一座房子，里面住着母神窟的侍从，此外还有一处菜园和几只山羊，它们是岛上为数不多的居民们的口粮，也是岛屿所需的礼品和祭品的来源。此外，再没有其他人类活动的痕迹打断延伸至狭长岛屿彼端的自然生态，而岛屿的另一端是神龛和洞穴，除非有编织者的邀请，否则任何人不得入内。

　　她快步穿越狭长的岛屿，迈向神圣之地，之后毅然决然地闯入了被称为"母神子宫"的石窟，窥见了编织者的真容——她的行为无疑坏了所有规矩。只有在规定的日子里才能够登岛，而任何人在登岛之后都必须待在船边等待指引，在献上祭品后才能前往石窟旁的小神庙。编织者会在神庙中而非石窟里接待访客，而且会蒙着面纱，端坐于三只脚的神位之上。在咀嚼了月桂、饮下圣水后，她才会决定是否唱出来访者的命运，而若她决定歌唱，那歌词也绝非直白之语，而是将真相婉转地蕴藏其间。

不过，有女神坚定的手将她指引，仪式便多余了，尤其是她拜访的还是通晓未来的神祇：编织者没有阻止她，甚至还命令侍从们在看到"从未见过的船"时直接放行。石窟内，等待着她的是一位美丽女子，她的眼睛是甜美的深棕，混有绿与金的色调，瞳仁外沿是精致的靛蓝色镶边，将她的眼神在苍白的椭圆形脸蛋上勾勒得更加明显。她又长又浓密的琥珀色卷发松松地绾在脑后，发圈处装饰着一种叫作"仙客来"的花朵，状如女子性器。这是一种雌雄同体的植物，花瓣有催情的功效，鳞茎有毒，根部深深地扎在地里——对，正是如此，祭司对所有神圣的植物都了如指掌，深谙它们各自的特性和寓意。桃香木阴干了的花叶编成的花环绕在她额间，用花木的气息与虔诚的光晕装点了她的面容。而她的面容本就如此美丽、如此和蔼，带着略显肃穆的神情，似乎在说，这具身体的灵魂非常近，也非常远。

"我在等你，"她开口说道，祭司觉得她的声音温柔得可以倾倒人类和神明，"我看风向是对的，船员也很勇敢。

海浪今天侵扰了我们的海岸，但他们都没有退缩。请坐吧，和我谈谈世间俗务，这些事我只能用歌声投以短暂的一瞥。我已经很久没有和外界的人面对面地说过话了。"她一边说着，一边把一个木制的小锅放入瓮中正在火上沸腾着的水里，然后把内容物倒进一个装饰有海洋纹饰的陶杯里，将杯子递过去。杯子底部能看见花叶的碎屑。

"谢谢，"祭司一时间不知该如何称呼对方，只得回答说，"很香的味道。"

她把杯子放在手间，好一会完全沉浸在这安心的温热里。虽然编织者就在面前，但她还是不觉地沉入了自己的内心世界。

金发女子也陷入了片刻的沉默，她回忆起上一次见到祭司是在许多年前，那时对方还是个婴儿，但她却不能将她养在身边。这些年里，她无数次地回忆起那个心碎的时刻：她亲手将怀中小小的人儿交到克里特岛神殿的大祭司手上，她最后能做的就是将孩子的襁褓裹得严一些，再严一些，一层又一层。

"有些东西来到我的岛上，而我却不被允许收留这些爱情的结晶。任何一位母亲，要是还有别的路可走，又怎么会抛弃自己的孩子呢？因此我把她托付给你——让她信奉、崇拜母神吧，崇拜那你我的母亲，众生的母亲，自然就也是她的母亲。让她成为神殿的女儿，抚养她成人吧，让她得享应有的体面，将她交给你的双手是神圣的，因此她就也成了神圣的。永远不要揭露她的身世，不要让世人因她被遗弃就将她唾弃；如果她的痛苦传进我耳畔，我的怒气必将不可遏制。"

这个激发了大祭司保护欲的婴儿让她想起许久之前一位女神诞下的孩子。热恋中的女神扮演了一次尘世女子，为那个在甘蔗间跳着舞，用长笛模仿风声的男子怀了孕。虽然她知道自己也有责任，但她还是向母神的权威发起了挑战，把她本不该带到这世上的女儿留在了身边。没过多久，她禁忌之爱的果实就被夺走了，她的子宫也永远枯竭。刚出生的孩子将被处死，但生命却不忍杀死自己的孙女，于是她将婴儿交给死亡，她的姊妹，让她带回她的王国。死亡见这女孩看起来更像人类而非神祇，又见她生来就拥有在两个世界间穿行的能力（这是她的姐妹所忽略的），于是感到了恰如其分的同情与好奇,产生了自己的想法:她想让女孩先熟悉一下她所属的两界——生与死,因为她毕竟是生命与死亡二者共同的后裔。死亡认为,考虑到孩子是半人,所以比较合理的做法是,让她先在人界居住,再让她在梦里旅行至她的王国——这样的安排至少可以持续到她自然死亡为止。想好之后,死亡把她带到了一个隐蔽的地方,那里没人会知道她的来历。这个孩子在死亡本人的秘密监视下长大成人,并生下了继承她力量的孩子。繁衍了许多代以后,生命才发现自己的姐妹做的好事,但这时她已没有了大发雷霆的理由。毕竟那时候的两位女神都已没有了直接干涉凡间事务的权限。这样一来,拥有能够在两个世界间穿行的后裔就变成了一件好事。

祭司——编织者的双眼凝视着的这一位的前任——拿起包袱,对自己,也对眼前的半神保证,必将不负重托。而她从未想过,自己这次拜访岛屿竟会带回一份如此珍贵的礼物。

每一口茶饮都饱含生机。热流烫开她的身体,茶中虞美人的种子慢慢让她的神经松弛下来，最终让她陷入半梦半醒之境。困意消散以后，她对谈话记不真切了，但她们之间确乎有过对谈。在她面前，女人在一个容器里点上火。

编织者紧握着大祭司的手。在她们脚下，器皿内满装的各种植物与树脂的混合物正在燃烧，发出烟雾，祭司能识别出其中月桂与能招来爱的牛至的气味。二人的身影变得模糊，在光影摇曳的石壁上晃起涟漪，洞窟内的石壁打磨得十分细致，看起来就像蒙上了一层水雾似的。火光将二人的虚像无限放大，烟与影你追我赶。从石窟外传来笛声悠扬的旋律，让洞内的气氛变得更加不真实，但又像母亲的子宫一样舒适。

她们站住了脚步，编织者开始歌唱，她们又开始围着火旋转。歌声未落之前，大祭司只觉得自己正是为了那个声音才存在。

生命生于无生命的泥土
母性蛇行于手臂与子宫
头上，夜的眼，警戒地

警戒着黑暗世界的死亡

当世界颤抖

海洋吞噬母神的子宫

不可挡的灾祸摧毁了

大地上那最美的文明

牛王怒吼

生命之女守护神的秘密

魔法将维护守护的永恒

秘密必将在暗地里长存

染入嫡长女强力的鲜血

对生命的记忆必将留存

其余众神死于遗忘之时

美丽而赤足的生命

必将走遍大地

让万物发生

有那么一瞬间，二人仅凭音乐的指引疯狂旋转，似乎坠入了恍惚之中。歌曲在她的脑海中结网、扎根，获得了意义，超越了它原本的词曲，成为能占据祭司本人的一种知识。在某个时刻，编织者松开了大祭司的一只手，此时另一只手代替了编织者的位置，这让她感到一记能量的灵鞭：她不敢相信自己的眼睛。紧紧牵着二人的正是生命，她也开始起舞，这意味着神最终承认了这永远不会被打破的血缘关系：大祭司和她的后代将生生世世都是生命之女。

公牛节

"咚！咚！咚！"女祭司们敲着身上的圆鼓，不间断地打着铿锵的节拍。鼓点庄严，长笛悠婉，齐特琴[1]与里拉琴[2]空灵，不绝如缕，伴随着大地女神扮演者的脚步踏遍整个迷宫般的宫殿。人们在这里举行公牛节的盛大庆典。大祭司和助手们一早就把自己关进圣殿，忙着准备祭品、要涂抹在她们和公牛王的身上的油膏和双方都要服下的圣饮。现在，准备完毕，她们走向王座厅。数名辅祭与男性青年候在那里，全都半身赤裸，在见到大祭司身影后一个个汇入了随行的队伍，开始整齐地跳着舞步向前。而大祭司本人却在圣饮的强力影响下凌乱了脚步，踉跄着向前，

---

[1] 一种木制拨弦乐器。
[2] 一种古老的拨弦乐器，状如算盘。

她全身赤裸，只戴了一件状如母牛角的头饰。"柏木立柱粉刷成暗红与亮黑色，不也宏伟吗？宫墙的壁画描绘了端着祭品的俊俏男青年，不也精致吗？这座神殿有上千个房间，岂非人类建筑史之最吗？它的阶梯，壮丽而伟岸，不也令人震撼，令人敬畏吗？——没有哪个旅行者见过比这更雄伟的奇迹，而我的目光却再也不能停留……"药剂已经开始生效，燥热了她的身体，又用欲望将她制服，但她还是在沉默中坚持着挥别了每一寸故土。

王座厅里，公牛王坐在凉爽的雪花石膏制成的宝座之上，目眩神迷，他盯着墙上画着的诸多不可思议的生物，觉得它们仿佛都活了过来。空气中弥漫着刺鼻的鞣制皮革的味道，浓烈得发酸。屋内很是燥热，而牛王却头戴面具，身披克里特公牛[1]的皮，这让他更是大汗淋漓。没错，他

---

[1] 希腊神话生物，毛皮纯白。米诺斯答应向波塞冬献祭第一个从海里走出的生物，于是波塞冬从海里放出了克里特公牛。但米诺斯见它十分漂亮，遂反悔。波塞冬震怒之下使米诺斯之妻帕西淮疯狂地爱上了克里特公牛。之后，帕西淮化装成母牛与克里特公牛结合，诞下了弥诺陶。一说克里特公牛在克里特岛上造成了严重破坏，后为赫拉克勒斯所擒，最终为忒修斯所杀。

身披的正是那头克里特公牛的外皮，那头宛如它出生之海的浮沫一般纯白的非凡之兽，那头让帕西淮受孕，而后疯狂地在岛上四处散播恐惧的动物；那头让米诺斯痴迷，勾起了他的贪欲，挑起了他与海神波塞冬的纠纷的神奇异兽。

随侍的男青年已经为大祭司仔细地清洗了身体，又在她身上涂满了催情的油膏，让她麦色的肌肤变得千百倍地敏感。此刻，牛皮在她胸前摩擦，让她乳头挺立，每一个细微的动作，都让她浑身上下的毛孔为之震颤。圣杯中的液体渐少，他的兴奋渐增；他听见鼓声，伴随着他的母牛一起，越来越近，他的雄性特征率先起了反应。尽管困惑占据着他的身体，但他还是能隐约猜到接下来要发生的事，于是像发情的野兽一般舔起了嘴唇。

祭司进入房间，迈着坚定的步伐，性器在燃烧。神圣的油膏已浸入她的肌肤，神的精华也已灌入她体内。神圣的交合是众神在大地上显灵的媒介，他们附身于人类一族献上的祭品——他们喜欢这有趣的主意。此刻已是男人的公牛嗅了嗅女人身上的味道，不知是否是催情剂的作用，但他确实暴力地挣脱了枷锁，那链条一直锁着他，只有让他自己将圣杯递到嘴边时才曾被解开片刻。但那并非动真格的束缚，而只是控制他扮演的强大神牛的符号与象征。他带着兽的本能扑向祭司充满情欲的裸体，折弯了她的腰，把住她的胯，用力地刺入她的身体，同时一言不发地喘着粗气，发出哞哞的怒吼。"咚！咚！咚！"音乐声助长了意乱情迷。她放任他去做，享受着。他只能主宰今夜：今夜公牛丰饶了土地，饱满了岛屿的秋收，黄了小麦，肥了大麦，今夜公牛让粮食喂养岛民的口，让葡萄酒欢乐他们的心，让橄榄油祝福他们的灵魂。今夜，她是弥诺陶圣神的妻子，用温暖而多产的子宫让野兽成人，于是他在其间无休止地开垦，以他坚定的犁铧。他毫不费力地翻动她的身体，暗色的动物嘴角淌下涎水。她坚信自己在他眼中看见了炭火，他的眼神如此坚定，固执如蛮牛，一旦确认了目标就会奋不顾身地向前冲撞。他冲撞得多么固执啊，一次又一次，不止不休。而现在的她，神性战胜了人性，于是将胯更高地顶起来，将腿更大地打开，将隐秘的佳肴献予涎水溢满的兽嘴。她立刻感到，巨大而粗糙的舌头舔舐了她的精华。此时的人们正在主厅等候二人神圣的交合，在欢歌乐舞、美酒佳肴中纵情声色，而她那突然响起的爱神与丰饶之神的叫喊，盖过了淹没整个主厅的丝竹之声，轻而易举地穿透宫墙，传遍了圣殿的每个角落。神圣的性器又一次联结在一起，寻找着渴望已久的仪式高潮。一时间，所有或老或少的爱侣都顺从了空气中飘散着的情欲，而灵敏的青年们刚结束了疲惫的跳牛表演，现在也加入了纵欲的狂欢，成为典礼中又一道珍馐。

祭司与弥诺陶相会之前的午后时光，众人的目光都聚集在跳牛表演者身上。他们身材修长，性格勇敢，个个都是牛角尖上跳舞的行家。他们呼唤它，挑衅它，避开它的攻击，从它背上跃过去，做出各种高难度动作。观众则在五颜六色的廊檐下躲避着地中海的烈日，在屋子里的看台上兴致勃勃地欣赏着表演，为跳牛的年轻舞者的每一个精彩动作鼓掌喝彩。那天的跳牛表演和人们有记忆以来历年的表演一样，以公牛累倒在地，口吐白沫收尾。然后，国王手持只有每年祭礼当天才能由男性触摸的双头斧，献祭了公牛。在奄奄一息中，野兽的血液带着它的力量，被混入泥土之中，由此开启了以神圣交合作结的仪礼。

当两位神祇的代表还在履行着神圣仪式时，巨大的内庭里正分发着葡萄酒和烤公牛肉，音乐声不绝于耳，在场者的欢笑声清晰可闻，这是因为土地的丰饶已经得到了保证。接下来，收获将无比盛大、丰盈，仓库的大瓮将被麦子与豆子填满，而要装下葡萄酒、橄榄油与蜂蜜，必将需要更多的双耳罐。外地商客将纷至沓来，用各种美丽的物件交易富余的粮食。陶器工人和珠宝匠将喜不自胜，因为财富必将源源不绝。勇敢的海员将把货物运往各地，带着整船财宝满载而归。音乐家、舞蹈家也会分得余钱，画家、艺术家亦是如此，他们将把美带入生活。而祭司们也能得到充足的供养，她们将继续为来年的丰饶负责。值得庆祝的事一件接着一件，而每一件都来自众神的祝福。因此，人们必赞颂诸神的荣耀，必在这一天里感到快乐，将自己的身体和灵魂献给祭礼，必顺从于宗教狂喜，顺从于神的化身发出的有魔力的叫喊声，开始在欢愉里交合——于是许多女性成为丰饶的田野，在九个月后结出果实。

众生凋零如大地破碎

祭司痛苦地哭泣。一想到要离开她爱着的一切，她胸口就被压得喘不过气来。她还未从公牛节祭礼的宿醉中完全恢复，就赶忙前往只有大祭司才能进出的神圣的供品之屋，将象征着对生命之神崇拜的塑像放回去、摆好。她只偷偷带走了其中一个，那个她一直觉得很特别、一直用自己的襁褓小心包裹着的塑像——那是她对素未谋面的父母的唯一记忆。她将塑像藏入身着的斗篷，那斗篷如夜一般黑。在她走远之前，没人能察觉她已离去。

自从神在她面前显了身影，指引她造访命运编织者的圣窟以来，已经过去了漫长的九个月时光。她轻而易举地选定了带她前往岛屿、帮助她完成使命的船长人选。她自然是将自己的身份隐藏得很好，但那个男人的精明睿智也没逃过她的眼睛：她看见男人在道别时下意识地鞠了一躬。很明显，他已经猜出了她的身份，但还是尊重了她的意愿和隐私，没有挑明。这是祭司选择他的原因之一，另一个原因是，她找不到还有谁的船能满足她的要求了，所以，埃及人成为理想的最终人选。

从岛屿返回后仅过了两天，她就又穿上了粗毛斗篷，再一次到港口上去找他。又一次，水手感到女人身上的香气刺入鼻腔。只有发了财的妓女和最强力的祭司才敢于独自旅行，也只有这两种女人敢在天光既尽时去往港口找一个男人搭话。不过，真要说的话，也只有在祭司身上能闻到纯粹的桃香木精油那种珍贵的芬芳了，其中并未掺杂时下在贵妇间流行的木樨草香，也闻不见柑橘花或岛内著名调香师爱用的其他植物的气息。他的父亲是这一行的佼佼者，但他受到了海洋的召唤，从而与父业渐行渐远。女人没有坦白自己的身份，但对他来说也已经无须坦白了；城内的传闻是真的，他真的如海豚般聪颖，也如这些生性友好、体表光滑，在旅途中陪伴了他，在他游泳时抚摸过他的生灵一样，有着不羁的灵魂。

交易很简单：更高的报酬、更完善的船只、更具挑战的冒险。没有什么可犹豫的。女人给了他一个满是财宝的口袋，让他承诺：在九个月后，他的船要比造船厂里其他所有的船都更快、更强——船身要轻，人们看到要说那船是在水里飞行，但更要坚固，足以抵御海兽的攻击。她承诺出发时会再付一倍的酬劳，但希望船长和船员们清楚，这次旅行不知何时才能结束，不知何处才是终点，沿途会在各种意外之地停留，停留的时日也并无定数。她希望能买下整个船队，船员们必须勇敢无畏，在地面上没有任何羁绊，能够应对各种事件，在必要时还能熟练地举起武器，保护她与航船。

埃及人早就想好了自己的船需要改装：他要加固船体，把龙骨修得更深以增强船的稳定性，在船首增加一个长长的撞角，把一直用到现在的四边形船帆换新——样式和结构保持不变，料子要换成最坚固的那种，还要将遮阳区改造得更为舒适，开辟一小块地方作为保留区，优化现在的货物区……他甚至还想用海豚装饰船尾，以求海运永昌。他有办法也有时间实现这些和其他许多构想，哪怕之后的好几个月里都得把船放在造船厂里也在所不惜。而他仿佛已经看见了自己掌着舵,驾驶着爱船沿着海岸前行的身影:奇迹之船谈笑间就能将海盗和军舰甩在身后,简直比风还快,每天都能驶过比最高纪录还要多几海里的行程,分毫不差地沿着正确的方向行驶,在巨浪、克拉肯[1]与敌舰之阵中保障她的安全。

天刚蒙蒙亮,太阳已经开始让空气升温。篮子和双耳瓶中已经装满了祭司下令购买的口粮,她轻薄的行装也已收拾妥当。她不想让船员们觉得这次航行有去无回,所以提前许诺了回岸时的丰厚报酬,这降低了海员们在茫茫大海上背叛她的可能。一介女子,旅途中没有亲卫护航,也没有男人同床共枕,守护她的梦,这是很不安全的。尽管她的神性足以让人不敢碰她分毫,但她还是想尽可能避免暴露自己的身份。"一切务必保密",她谨遵指令行事。为

---

[1] 即"挪威海怪"(挪威语:Kraken),北欧神话里挪威和冰岛近海中的怪物。

了抵御这夏日的永恒天火,埃及人在甲板上设立了保留区,搭起了遮阳篷,又在其中为她专门设置了固定好的座椅,减少她在海上的不适。她用衣物遮盖好自己的皮肤,在椅子上坐着。她虽然并未遮住面容,但已卸下了所有可能暴露身份的服饰:头上没有头饰,臂上没有手镯,衣着也与普通的富裕女子一般。

岛屿已连续几周饱受北风之苦,船只与水手们只得待在陆地上,看着因狂风而凋敝的商机,陷入绝望。但这风却突然奇迹般地停了下来,带来了数周里的第一天平静。多年以后,埃及人提起他最伟大的冒险时,还会以女神之名起誓说,那天的平静并未持续太久,他们一起航就刮起了猛烈的海风,吹着他们向前,风力大到几乎无须划桨,大到船帆紧紧鼓起,几乎要被吹破。好在船长有先见之明,已经用最结实的料子重做了船帆,因为他知道,这次旅行将无比漫长,而他的船、他的船员和他自己都绝不会抛下这个神圣的女人。

船的坚固与迅捷远超她的预期,在神风的庇佑下,他们只用了两日就到达了希腊边境。这天,祭司看见了一群乌鸦往他们前进的反方向飞去——那是引渡亡魂的使者[1],她于是知道他们已经到达了安全地带。而当巨大的猫头鹰掠过她头顶,低语着说出"这里"时,她的双眸倒映出海水与火焰:灾难已近,无声的痛苦扼住了她的咽喉。从未有人有过如此艰难的使命:深知自己深爱的土地与人民的悲惨结局,却要强忍着无所作为。人类无法理解神的决定,之前是这样,将来也会如此;神的决定往往超越世俗之善恶,显得残酷不仁。

　　灾厄降临时,他们正停泊在安布累喜阿[2]地区某海湾

---

[1] 原文使用了 psicopompo 一词,来自希腊文"ψυχοπομπός",由"灵魂"(ψυχο)与"引导者"(πομπός)两部分组成,指的是引导死者进入死后世界、天堂或地狱的角色。在殡葬艺术作品中,他们常被描绘为马、鹿、乌鸦、夜莺、猫头鹰等动物。被描绘为鸟类时,它们通常成群出现,在临终者家门口等待。
[2] 今希腊西北部城市阿尔塔的旧称。此时祭司的船队已从古希腊南部的克里特岛沿海岸线北上行驶至此,因而避开了起于古希腊东南部的锡拉岛的火山爆发。

中的一个小渔村。那天，空气里突然传来难以名状的隆隆轰鸣，霎时大地碎裂，世界化为火海，沸腾的高汤里煮着灾祸的杂烩，鱼群、人体、动物、树木漂浮其中。勇敢的克里特人引以为傲的迅捷船只，可以将货物运往近海与远洋，但却不能让他们逃过此劫。海水已是火焰，岩石也被融化，他们已经来不及拉起风帆，逃离故乡。滚石于飞，城邦将倾——暴虐的无名神祇要将此处夷为平地。滔天的巨浪，为世人前所未见的，侵扰了所有已知世界的海滨地区，淹没了已被摧毁的锡拉岛[1]，吞噬了周边的小型岛屿，席卷了主岛的海岸与陆地。空气变成了黑色，在火山灰飘落前就已无法供人呼吸，只等余烬降下，盖住一个文明未瞑的双眼。自那时起，冬日严寒，夏日清冷，曾以"美丽"为名的岛屿失去了肥沃的良田，变得满目疮痍，遍布石块与烟尘。侥幸存活的人们忍饥挨饿，在已化为废墟的城市与乡野里绝望地呼号，撕扯自己的头发。好一段时间里，海岸上都不见行船，浑浊的海水里唯有死与灭的气息。黑

---

[1] 圣托里尼的旧称。距今约 3600 年前这里发生了一次大规模的火山爆发，为地球上最严重的火山爆发之一。灾难毁坏了锡拉岛、附近岛屿和克里特岛的农业与居住区。一说其间接地造成了克里特岛的米诺斯文明消亡。

暗降临，恐惧紧随其后，曾经善良的居民、正直的商贩，如今都远走他乡，沦为海盗，靠劫掠往来行船度日。之后，另一批人乘坐着另一种船舰带来了更粗犷的文明[1]，于是，在历史的这个角落里，一个时代终结，另一个时代开始。但这就是另一个故事了。

旅者们在小渔村休整了几日，船就停泊在港口，只有旅馆里的劣质酒水和水手们的旅行故事不时地将他们的无所事事打断。船员们都认为他们的这位女士需要一些时间来决定下一站要去哪里。他们没看错，祭司需要时间平复自己纷乱的心绪，消化摧毁了她根基的剧变，厘清思维的乱麻，重塑内心的宁静与力量。唯有如此才能决定下一步该怎么走。她不想草率地做出抉择，因为事关对神的供奉与信仰。她也不想那么快就离开刚被自然之力席卷了的祖国；她想要了解灾难到底造成了多么深远的影响。

船员们等待着，突然，祭司感到世界在她脚下颤抖，接着一片黑云遮住了天空。她立刻明白，她深爱着的这片

---

[1] 或对应现实中的迈锡尼入侵。

土地正在经受的，是千万种灾厄里最坏的一种。她已听说锡拉岛曾经历过类似的震颤，家园毁于一旦，人民惊恐万分，被迫放弃了家业，流散往希腊各处寻求庇护。而几天后，危险散去，人们又回归了家园。但这次不同，没人在火山爆发中幸免于难。确认了这一消息后，她无比痛苦，因为他们都是神的子民，而她在以首席祭祀的身份照看了他们这么多年后，这些人也早已成为她血肉的一部分。这就是编织者歌中所说的终极灾难，是民众们的结局。她痛苦万分，为她的侍从，为宫殿里欢乐的居民，为她虔诚的信众，为农人与商贾，为鸟兽虫鱼，为生她养她、给她幸福的土地，也为了美丽的房屋与丰饶的田野，更为了公牛王。她离去后，脑海里无时无刻不在回想神圣交合的那个夜晚，在那几个小时里，她既是女神也是女人，就像他既是男人也是男神一般。他是公牛，她是神圣的母牛，一切都交织在一起，魔法由此涌现。这是她第一次也是最后一次做弥诺陶圣神的妻子，而或许正是因为情况如此特别，所以众神才分享了二人的肉身，在他们的灵魂里留下了燃烧的印记——他们再不会遇见可与之相比的爱情。除此之外，众神还留下了别的东西：九个月后，她将成为巫女一脉的第一人。

她听见世界被撕裂的声音，有一瞬间甚至想一死了之。但她没有这样做，她很庆幸自己服从了编织者的安排，带着弥诺陶的火种逃出生天。她将开创巫女里最强的一族，成为她世袭之家的始祖。这是她的命运，她的恩典，也是她的赎罪。她必须完成。

―――∽⌒∽―――

世界末日将近，命运编织者无休止地哭泣，哭她曾幸福生活过的小岛从地图上消失，更哭她的吹笛人已死。她是一位女神，这不但不能减轻她的痛苦，反而千百倍徒增了她的哀伤。突然，她失去了意识，被拖入她永恒的寿命里的下一个阶段：她将前往北部诸海，在绵延的海岸线上留下许多段或长或短的足迹。母神亲眼看到了她巨大的伤悲，心生怜悯，暗下决心再也不要看见自己的女儿遭受这样大的苦痛。她决定拿走她为神的记忆，将她陷入最深的遗忘之中，开始全新的生活，并让她每隔一段时间就会重复这个过程，如此循环无数次。于是，她不断地从一段人生跳入下一段人生，终于来到了地中海的这个小镇，开始了她现在的生活。

千百年里，她的脑海中不变的东西只有一样：一座迷宫的图案，那是她故土的象征，她在那里度过了第一次也是最长的一次生命。尽管不解其意，但她还是不停地在居住过的每一处重复地画着这座迷宫：一开始在石头上、木头上、黏土上，之后在羊皮上、帆布上、纸张上……直至画在电子屏幕的像素中。

三

"我们力量不足,没法穿越边界!"天使牵着陌生两人的手,在梦醒之间看见了二人在彼界的处境,并努力隔空对他们喊道。

而另一边,她的母亲正徐徐舞动着双臂,跳着仪式的舞蹈。只见她身着仪礼的长裙,双臂戴着蛇形手镯,除此之外没有别的任何衣饰。空气里混合着植物与精油的异香,一缕轻柔的云烟在房间内躺着的身体间弥散开来。将烟雾探测器拆下来挂到外面去颇费了一番功夫,但却是仪式顺利进行的保障;因为祭典必须燃烧特定的花草,而正是由此产生的神圣烟雾和仪礼的舞蹈一起,让巫女能够在两个世界间架起桥梁。

混沌者与陌生两人瘫倒在飓风之眼,筋疲力尽。他们手中的花朵已经黑得不成样子了，在接连几日无休止的异世界之旅中，他们跋山涉水，与梦魇对抗，穿过疯狂旋转的涡流屏障，最终找到困苦者——他们已经到达了能力的极限，走在了死灭的边缘。现在的他们已经无力动弹，思维涣散，对返回不抱任何希望了。坦然就死，再也不必在此世或彼世醒来——这真是个诱人的念头，能让他们免于夜以继日、日以继夜的永恒疲劳；但他们用仅存的力气发出了求救信号。

陌生女人察觉到求救的信号已被接收，于是拼死向着那个方向全力叫喊，声音刺破宇宙之极：

"巫女有三，勾股与弦。合为三角，其力无边。完满其数，神圣其形。同心则胜，佑吾万千。三个！你们三个可以做到……请帮助我们！"

女人的声音传入天使耳畔，那声音十分微弱，诉说着恐惧与哀求，焦急却又庄严，叫人难以违抗。

天使不知道她是如何得知的，但她说的确是事实。巫女身体里有着另一个巫女，这是天使自己都还不知道的。天使也不知道她如何得知巫女一族的存在。这真神奇，脑中所想、口中所言都如有神助，好比一个空陶罐，被神力灌注了温热的水，盛满了希望之泉。

陌生两人和巫女们都不知道，生命和死亡正在能力范围内全力帮助他们，而给人以智慧与真知正是她们的神力之一。

"三个？！……我怀孕了！……真的吗？"天使失声叫道，语气混杂了疑惑、喜悦与惊恐。

听到这话，母亲突然停下了舞蹈，切断了与陌生人的交流。此刻，她需要女儿静下心来，全神贯注，因为仪式已经进行到了至关重要的最后一步。她从随身行李中拿出一样东西，小心翼翼地打开层层包裹。里面是一尊雕像，刻下了生命之神古时的形象，与著名的"米诺斯蛇神[1]"非常相似。母亲小心地将塑像置于充当临时祭台的桌面之上，小桌子就设在焚烧植物的火堆旁。她又拿出一个又大又柔软的包袱，打开了它。里面是一袭长裙，由她亲手绣上了各种草木花朵的美丽纹案。她将礼裙交到女儿手中，让她

---

[1] 蛇神（Diosa de las serpientes），也译"持蛇女神"，指在克诺索斯发现的几座釉面陶制雕像。雕像刻画的形象一说为米诺斯文明的女神，一说为其女祭司。其中最著名的一座雕像双乳裸露，双手各举一条蛇，头顶立着一只猫科动物。

穿上，又褪下一只手镯给她，示意她缠绕在自己的手臂上。天使感觉手镯活了过来，根据她的臂形调整着松紧，仿佛与她的肌肤融为一体。终于，二人都穿上了女神祭司的装束。母亲于是打开了一个小小的玻璃瓶，用其内馥郁的精油在二人脸颊上画出无形的标志。她牵起女儿的双手，嘱咐道：

"孩子，这就是家族中的女性代代相传的禀赋。我们是巫女一族，这你已经了解。此外，我们还是女神母亲的祭司，她是万母之母，孕育了我们所有人。从现在起，这就是你的祭袍，你若想和女神说话，这个雕像就是媒介。有了它，你就能祈求生命显灵，让她听见你的声音。现在我们需要她的帮助，也需要你和你腹中小生命的力量。她将成为巫女一族的继任者。我会在他们两人床边的地上画一个圈，象征着月亮与神明，我们就在圈里举行召唤仪式，请求神赐予我们力量，帮助旅行者回家。"

她拿出另一个小玻璃瓶，里面是浓稠的深色灵药，散发着浓郁的香味，那是花朵提取物、油脂与蜂蜜混合的味道。她用手指蘸了一下，在两人的额头上画了一个三角形，又在女儿的肚子上画了一个。她重新将几种植物混合在一起，往燃烧器皿中添了一块木炭，用火柴点燃。少顷，一阵令人目眩的云烟充满了整个房间。她走向刚画下的圆圈，将手臂摇摆着，跳起召神的舞蹈。天使紧随其后，一开始只是模仿着母亲的动作，到后来手臂便自己动了起来，伴随着她脑海深处回响着的音乐节拍。她感到腹中涌起一股温暖的能量，与陌生两人散发出的那种能量相似。她们进入恍惚之中，生命于是现了她的身影，牵起她们的手，围成一个圆。她们感到了能量增长，看见了可能，明白自己必要带着彼世之人返航，哪怕为此耗尽最后一丝能量。

漂游的神祇

　　抛弃所爱，心就会疼：故人、旧物、魂牵梦萦的故乡……真正的心之所爱，会在人的身上生根发芽，好比移植的器官、嫁接的皮肤，再要割舍，就真如摘胆剜心，是切肤之痛了。

　　祭司走到埃及人面前，他此刻又饿又累，正把一块大麦面包浸到酒里，放入口中。他生性安定不下来。自从家中最后一位亲人离世，就再没有什么能将他束缚在任何一片土地上了，他有的只是抽象的乡愁，因此想起自己抛在身后的城市，他的痛苦也会更少一些。他的生活是星辰大海，他也几乎在其间度过了全部的时光。他感到旅途的强烈召唤，他需要远航，需要历尽沧桑，甚至需要在必要时死去，而绝不愿在安稳的生活里日日盼望不知何时才会有的下一次启程。但不管怎么说，火山爆发后的日子里确实充满了不确定性与恐慌情绪，人们都不知道大地是否还会再一次颤抖，众神之怒是否还会重燃，这灾难是否会是人类的末日。

时运不济也有其优点：它能将共患难的人们凝聚在一起，就像恐惧、悲痛、死亡、求生意志等能消除基于财富、职业、性别等划定的社会阶级的差异一般。正是出于此种原因，埃及人与祭司之间生出了某种患难与共的友情。

男人往另一只碗里斟满葡萄酒，递给女人。她毫不犹豫地接了过来。她还没吃早餐，肚子饿得咕咕叫。

"我决定了，"她开口道，"我们马上就出发，不过我想请你参谋一下该走哪条航线。我想去的地方比任何旅行者到过的更远。"

此刻，恐怕再没有别的什么能像祭司刚才的这番话一样点亮埃及人航海家的灵魂了。

"太好了！"他高声说道，情绪也因兴奋而高涨，"这事你算是问对人了！"他拍着胸脯，灿烂的笑容挂在脸上，双眼放光，洋溢着幸福的神情，"我知道一个没人到过的地方。在那里，无边无际的麦田围绕着一座和我们的故乡一样宏伟的城市，周围的城墙为世人前所未见，女人们都穿戴着华丽的珠宝，那炫目光芒令人不敢呼吸，城邦的战士们装备着强力的武器，手工作坊不计其数，碾磨麦穗与纺织亚麻的声音昼夜不息……我们可以在他们的街道与山坡上漫步，去考证那恐怖的传言——我之前没来得及去证实——到底是不是真的：据说他们会将死者埋在生前居住过的地方，就在自己家地下！啊，女士，那真的是独一无二的奇异的文明，我还从未见过有哪个地方与之相似。我之前是路过那里，见他们似乎既没有神殿又没有祭司。谁知道他们崇拜的神明是不是住在河里，藏在森林中呢？我自己倒是很想再去一次，而且要是有便捷的车马，从海边过去也并不算远。"

祭司的面容亮了起来，她完全被水手的热情感染了。能找到完美的旅伴真是幸运：男人既强壮又果决，值得托付，就是让她现在将酬金翻十番她都愿意。一路相处下来，她发现埃及人不仅是一流的船长，更是她忠实的守护者，也是极有见地的顾问和雄辩的外交官，尽管有些奇怪，但他无疑也是她的知己。

"不用再说了,我相信你。那片遥远的土地等待着我们!虽然不知何时才能到达,但我已经迫不及待想要出发了,而且我们在这里也没什么可做的了。今天补给,明天出发如何?"

"不用再补给了。我们还有面包、葡萄酒、鱼干、无花果干、葡萄干和蜜糖,而且我也知道路上都有哪些地方可以补充物资。我们的渔网里不会缺少海味,箭头上也不会缺少山珍。不管在那里停泊,我们都能搞到充足的食物。"

说着,男人将最后一口面包风卷残云地吃完,快步向门口走去,生怕走得太慢身后的女人就要反悔。冒险的激情已在他心中点燃,对他这样的男人来说,此时此刻是任谁也拦不住他的。在聚集好人手,检查完船只的每一个细节,最终扬帆启航之前,他是绝对安分不下来的。

一波三折、历尽艰辛后,承诺兑现了:埃及人带着祭司到达了海的另一边。旅途中他们辗转停留，驶过了无数新路旧路。埃及人的实践精神和船员们的动手能力堪比真金白银与柏木立柱，既珍贵又可靠，几乎克服了沿路一切艰险，让他们安然无恙地抵达了当时人们观念中几乎是世界尽头的地方，完成了任何一艘克里特岛的航船梦寐以求的壮举。

他们一路走，一路学，漫长的旅途是他们最好的老师。如果他们之中有人留心记录下了这一切该多好啊，这样的回忆性文字必然能构成人类史上第一部有关地中海之行及沿途城邦人文地理风貌的专题游记。旅途持续了很长一段时间，这是女士的要求，她听从了内心里神的指引。他们在许多港口一停就是数月。在这段时间里，祭司会在民众间散播信仰的火种——她一直勤恳地侍奉母神。海员们已经像是她的家人，他们也终于知晓了她的真实身份，但旅行的起因她却始终闭口不谈。她始终认为，要是她的人知道了她在出发时已经知晓了悲剧的命运，他们一定不会原谅她，而她也觉得自己不配得到他们的宽恕。还是让他们责怪命运吧。一路上，祭司还尽可能地学习了各地草药的不同用法，当然也不忘传授自己的知识与经验。这些经历让她成为更强大的治疗师与更伟大的导师，即使在离开后仍美名长留。

随着旅途时光的流逝，从弥诺陶的种子里长出的女孩儿也在一天天健康、幸福地长大。她就像一块海绵，吸收着身边所有的知识养料，展现出儿童特有的那种惊人的学习能力。

蛇舞

巫女们的手与神的手连在一起,她们在这一刻里的感受难以用语言描摹。玄之又玄,诉诸笔端就必显偏颇,诉诸喉舌必言而不尽。她们被感官的爆炸淹没,欣赏了世界最盛大的演出,窥见了众生孜孜以求的终极真相——万物的本源。

最令人惊奇的是,她们不仅仅观看了这场盛大的演出,还看见了自己就是演出的一员:身体赤裸,四肢被蛇缠绕,在池塘边,和着因风而起的音乐节拍翩翩起舞,如灯芯草般摇曳生姿。周围的地面上,更多的蛇竖立着扭动的身体,让人陷入恍惚。生命临空立于水上,完全赤裸,在蜿蜒的舞姿中张开不断翻转的手掌,从中涌出各种鱼类和其他水生动物。从她美丽的、张开的口中,生出花朵与藤蔓，盖住了原初的水流，这水充盈着整个池塘，正从她神圣的性器中缓缓流出。神的身后，隐约可以识别出一条巨大的蛇的脊背，这庞然大物正在组成一个巨大的圆环，环绕在神周围。只见地球万物皆在造物之神的手上，从奇迹的水源，从那神圣的醍醐与神秘的胎盘中诞生。她是希腊人的欧律诺墨，用舞蹈向卡俄斯传达了指令[1]。她也是让世间布满动物与植物的神，是蛇神，在千百个民族的信仰里有着千百种名号：丰饶之神、农业之神、智慧之神、战争之神、母性之神……但这些称呼都只能描摹其存在的不同侧面，无法揭露其真容的全貌，更无法直指其绝对的内核。

这些她们当然知道，但她们也知道生命并非一切的本源。她是现世最强大的神祇，但其上更有不可知、不可测、不可观的主宰。就这样，她们顿悟了造物之妙法，于是成了这奥秘永恒的一部分。

---

[1] 在希腊先民佩拉斯吉人的创世神话中，万物女神欧律诺墨在卡俄斯（即"混沌"）中赤裸着身体出现，因没有落脚点，她将大海与苍穹分开，之后在波涛上翩翩起舞。

融合

天使拉着母亲的手，也拉着陌生人的手。虽然看起来什么都没有改变，但她们已经不再是从前的巫女了。她们现在是活的容器，承载着宇宙智慧的一部分，成为秘密的一个碎片。女神将她们带到了一切的源头，并为她们跳起了原初之舞，那支将世界从卡俄斯中孕育出来的蛇之舞。她们回到现实世界后，力量已今非昔比，强过了她们这一脉、其他任何一脉的所有的巫女祖先。而这种力量，在出生前就已为天使之女所继承。

生命无权直接干预陌生人的命运与使命，但却能将力量传给自己的巫女，她刚才已经这样做了。她们现在已经有足够的力量让陌生两人和混沌者一同返回。一股闪电般的洪流在她们紧握的手间流动，世界间的屏障突然消失。

她们同时存在于此世与彼世。医院病房的场景与梦境世界的风景如一连串电影镜头般交织在了一起，彼界的荒原失了梦魇的飓风，更显死一般的荒芜，凝成一张明信片，其间唯余三人尚存生机。她们感受到三位睡梦者的虚弱，就如同共有了他们的身体一般：那是无限的疲惫，让他们在两个世界里都已进入了弥留之际，处在死灭的边缘。但此时，他们感受到了巫女们发出的奇迹之力，这力量像一件希望的冬衣裹住了他们僵硬的身体。睡梦者们被这股力量带走了：两人出于自愿，还有一人已失去意识。巨大的力量将他们提了起来，拖拽着向前。他们失去了对自我行动的认知，也失去了对自我认知的认知，他们的生命现在完全托付在巫女手中。三人飘浮着前行，在几秒钟的——或是永恒的——失重里，穿越了没有任何参照物、无声也无色的中间地带，那里稳定、孤立，如同真空的时钟。

是结束也是开始

陌生两人同时在一个名为"遗忘之地"的地方睁开了双眼。他们看到了巫女二人，并认出了天使——她被指定为三角形的第三顶点，注定要终身将二人守护。之后，二人彼此对视，艰难地分开了握得生疼的手。连日来，他们的十指始终紧扣，正如他们往后的人生。他们相视而笑。

"或许我们拯救了世界，或许世界拯救了我们。"男人说道。

"谁知道呢。"女人回答。

世界已经远离了危险，他们也活了下来，而且还将一起走下去。永远一起走下去。

世界的另一个角落，一个比"遗忘之地"更无人问津的房间里，另一个男人也睁开了双眼。他的头脑还很凌乱，身体还很虚弱，但他还活着。很难闻，但还活着。身体散发着恶臭，垃圾、粪便、酒精混合在一起的恶臭，但还活着。他把自己的身体拖进厨房，像一只绝望的动物一般吃了起来。他感到吃下去的每一口都被转化为能量的粒子，在他身体里流动不息，迸发出生机。饭后，他美美地洗了个澡，找了个位置坐了下来，身体仍然疲惫不堪。霎时间，他明白了所发生的一切，明白了自己的能力和与之俱来的责任。很奇怪，他觉得自己从未如此干净、明澈，仿佛入侵他身体的黑暗尽数消散了一般。他感觉身轻如燕、焕然一新。他打开窗户，进行了一次彻底的大扫除。他知道过去的自己已经死了，现在他要在新生活里重生。他默默地告别了悲伤。

遗忘之地的病房里热闹极了,母女俩要在陌生人消失前清理掉仪式的所有痕迹。陌生两人身子还很虚弱,因此还坐在轮椅上,在巫女们的帮助下神不知鬼不觉地离开了医院。一切准备妥当之后,天使假装去检查药柜,五分钟后她回到病房,之后故作惊讶地报告了两人的神秘失踪。等待着他们的是卡斯蒂利亚某个小镇上的一处果园,那里栽种着许多苹果树和梨树,还有两棵无花果树和一棵榅桲树……他们将在那里好好疗养,规划自己的未来。

完美的歌

时空与生死无法斩断命运的线。不管线有几根，不管线的两头牵着凡人还是神明，被线牵住的人们总会以各种方式相逢，这种羁绊牢不可破，坚不可摧。

笛手与歌者的重逢之梦，足以重启命运机器之轴。它开始以未曾预见的次序转动，于是，早已被遗忘掩埋的往事，开始在女神脑海里浮现……与此同时，她被安排好了的人生也开始有了转机。或许，这正是已被写下的命运：她注定要在梦中见到昔日所爱，见到那个幽灵，如若未梦见，她也注定要在同等强度的刺激下将记忆找回。谁知道脾气古怪的众神是如何做的决定呢？谁知道他们的心思有多难猜呢？我们只知道，几个渔人在歌者最后一次出现的村子边不远的海上找到了一名男子。他衣衫褴褛、胸前斜挎着一只长笛，被找到时抓着几片木板漂在水中。沿海村庄的渔民们将人救了上来，他们第一眼就看到了男人背上文着的迷宫文身，以及他身上的瘀青与擦碰的伤口——这看起来是一场可怕的灾难留下的痕迹。奇怪的是，水手们都很关注海事信息，却没有一个人听说过附近海域近期发生过什么悲剧；沿海的警卫队也没有收到过任何求助信号。男人几乎已经筋疲力尽，但还是用一种谁也听不懂的语言尝试和他们交流。大家一致认为，虽然没有严重外伤，但最好还是尽快带他去内陆看看医生，因为看他这副迷茫的样子，脑内受损也是有可能的。那天的渔获和交易都不理想，但比起救了一个人来说都算不了什么。而且，他们不知道的是，他们已经收获了一位女神的欢心，她要是知道了将要发生的一切，一定会难掩幸福的神情。不过她现在还在永恒的幕后，没有人告诉她这个好消息。

完美的歌，其曲调、人声、歌词应当分毫不差地交织在一起。欣赏它时，观众就会知道，再没有更好的搭配了：这段故事只能由这样的声音来演绎，而如此声线也与音乐的旋律相得益彰。

爱情也是如此，人与人的联结有千万亿种可能，但只有一种结合能叫整个宇宙为之震颤。

从那时起，歌者才意识到原来自己早已找到了自己的完美男人。在大灾难中死去的那个男人，遇见他，是歌者第一世里最幸福的时光，而在那之前，记不起过往反而是一种幸运。要是让她能记起过往，她就会明白，自己已经永失所爱，因而生活在悲伤中了，毕竟，她是永恒的神祇，他是千年前已经死去的凡胎。他们两人，一个是灵体，一个是肉身，两界相隔，永失了世界的坐标，再寻不到同一个时空重拾彼此未完的爱恋。然而，他们却在梦境里相遇了，这次遇见打破了那个好心的诅咒。生者世界的伟大神祇觉得是时候了，她在其姊妹死亡的支持下，得到了至高者的首肯，于是决定恢复爱女的记忆与性情，让她重新意识到自己的能力。简言之，她将找回自己女神的身份，在眼下这个关头自由地选择自己的路。此外，她还决定弥补这段遗忘的时光,并奖励她至今为止的出色工作。因此,生命从只有无量之力才能控制的螺旋时空中,将吹笛人从已死的命运里救了出来,并给予了他永恒的寿命,好让歌者不再孤独。由于神性天然不可捉摸,所以生命女神也没有让一切变得那么简单。她决定让歌者自己去发现男人归来的消息,让她自己去找到他并发现他崭新的命运。在无人可名状之地做好决定后,生命心满意足地坐下,静观事态发展。

歌者将报纸丢在床上。神秘海难生还者的新闻在她心头惊起涟漪,让她想起失忆后的种种。愤怒的火苗伴着深沉的哀伤在她体内燃烧。母神的决定不可言喻,她无法理解,只得承受。其实诸神之事本就如此,古往今来未曾改变,从此以往亦复如斯;但为人的经历也确乎在她身上留下了深刻的烙印,在她女神的心里埋下了永不餍足的狂热好奇。她不再拒人千里之外,也不愿回到远离人类世界的偏远神庙中度日，只有追求命运真容的朝拜者前来时才能感受到一丝人类的气息。现在的她对众生的故事很感兴趣，她不再甘于被动地倾听他们的情绪，编织他们的命运，而想要与他们本身交织在一起，为他们歌唱，因他们的存在而感到慰藉。报纸上的那个男人的故事打动了她，她想要为他歌唱，了解他的过往，或许再给他一种命运。她觉得男人应该拥有更好的结局——许是因为他们同是天涯惆怅客吧。诸神往往很难停止自己充沛的思绪与感觉，而且他们一旦想到什么就会立刻去做。女神知道，要为海难者写出合适的歌，就必须亲眼看一看这个人。于是她就这样做了。她走到男人所在的医院，他刚刚在那里治疗完伤口，正准备接受精神评估。她毅然走入房间，迈着自信的步伐。在休息室里，她找到了他，很幸运，那里只有他们两人。她关好门，走向男人。她心里五味杂陈，眼底流出热泪：她认出了他。而男人一开始并不知道是谁在向他走来，尽管她接近时他的胸口立刻传来一阵轻微的痛痒；而她终于用古老的语言唱起了歌，她牙牙学语说出第一句话时使用的语言，那时候她是女神，他是肉体凡胎，他们相遇，一眼万年。一股冲动令他拿起长笛,为她的演唱伴奏,歌曲诉说着他们二人,诉说着一段遥远的时光——神秘的岩洞、岛屿、比海水更深的夜晚,诉说着携手并肩、一同编织人生的未来。歌曲美丽、悠长,谱写出他们永恒的命运,一曲终了,两人的手腕上出现了一圈新的文身,那是一种表意文字符号,词语的意思是——永恒。这种语言早已消失在历史的洪流之中,在那个遗失的时代之后,除了歌者与笛手,地球上再没有人通晓这门语言。

海的另一边

夏日，正午。海鸥在港口上昏昏欲睡地盘旋，岛内的田野里，蝉声聒噪着夏天。自旅人们出航以来，已经过去了四年漫长的时光。四年里，他们未曾忘记初心，时刻铭记目的地的方向，但也刻意地在路上耽搁了许久。每到一处，他们都有很多东西要学，很多东西要教，这些都需要时间。空气里的闷热令人窒息，一如离开故乡的那天清晨。眼前的港口充满了忙碌的气息，人们走来走去，搬运着货物。四通八达的街道上人声鼎沸，牛车与马车载着往来商贾与手工艺人在人流中开出一条道来，留下一串汗滴与牲畜的涎水，坚实的木质车轮嘎吱作响，让本就喧闹的环境更加嘈杂。女人借着船只的掩护研究着此地人民的穿着，她想尽可能地融入当地的环境。她知道人们难以信任与自己不同的人，这些年的旅行让她深刻地认识到了这一点。女儿这时已经是个大女孩了，她正在讲故事给手里抱着的粗布娃娃听。故事讲的是一座美丽的宫殿，一个女人爱上了能变成公牛的国王。她记得好几个这样的故事，都是母亲睡前讲给她听的。各种植物的功效也是如此，每采集一种药草，母亲都会告诉她药草的特性。为了让她学得更快，母亲还编了记忆口诀，因为她知道，伴随着节奏和音乐，知识会记得更牢。此外，母亲还教了她祝词和祷言。这些都是必要的准备工作。

埃及人与手下两人下了船。每到一个港口，他们都会重复相同的流程：勘探地形，与当地居民对话，排查潜在的危险。整个地中海都笼罩在民族扩张的热潮与战火之中，唯有慎之又慎才可保全性命。其他船员则留在船上保护祭司和她的传人，她的女儿现在也是埃及人的女儿，祭司和埃及人已经在一起了。她从未背弃对神的信仰，但神殿已经不在，她手下也再没有仆从照顾她的起居，保护她的安全，她的积蓄也越来越少了，而一直守护着自己的男人也确实英气逼人、头脑睿智、心地善良，他身体强壮，皮肤是长久日晒下俊美的古铜色。此外,他还爱慕着她,关心着她,恨不得把她一口吞下。他也很爱她的女儿,视如己出,从不关心生父究竟是何方神圣。

她时常回忆起自己的意志融化在他怀抱里的那天,生活的轨迹从此转变。她时常回忆起这一刻,因为这是人一生中少有的翻天覆地的瞬间,也是她以往一成不变的人生轨迹的转折点。她当时攀上了一座山丘,能够俯见船员们在附近海滩上搭起的帐篷。她想找一处高地安静地待上几个小时,最好视野开阔,能清楚地看见周遭发生的一切。她独自登高,想找回自我,再见神明并向她寻求指引,她也想换上自己的祭袍——她已经太久没有穿过了。孩子有埃及人和他的手下照看,她很放心。当她准备下山时,太阳已经躲藏在海水里了,她于是看着橙红的天光渐熄,化为满月清冽的冷银,低声念诵出最后一句祷词。夏日傍晚的气流,时而凉爽,时而炎热,撩拨着她赤裸的躯干与手臂,让她感觉痒痒的,像有一千片羽毛抚过皮肤。他悄无声息地来了,像一只猫科动物。他见天快要黑了,而她迟迟没有回来,于是来确认她的安全。他撞见几乎全身赤裸,却又如此美丽的她,感觉到爱冲昏了自己的头脑,冲进怦怦乱跳的心,那爱意如此强烈,强烈得让人不假思索。附近的一棵松树上,一只猫头鹰巧妙地隐藏了自己,用专注而欣喜的目光看着男人果断地走上前去,环住她的腰,贴上她的后背。几秒后,他已经吻住了她的后颈,轻轻地咬着,呼出的热气让她打了个激灵。她顺从了男人的动作。

几小时后,埃及人回到了船上。他在海水与日光里变得黝黑的面容上带着心满意足的微笑。女孩跑过来抱住了他的腿,女人跑过来抱住了他的胳膊。虽然有一定社会地位的情侣公然展露出亲密举动在某些地区是不被看好的,但他们不在乎;他们已经一同旅行了这么多年,早就形成了一套自己的行为规范。他们见识过那么多不同的文化,因此早已不会囿于一时一地的社交准则,就连那些强制性的礼数与规训他们都能巧妙地避开。他们是自由的,而且,指引着他们脚步的女神也总是站在爱情一边。

"好消息！已经找到能带我们去围墙之城的车夫了，他卸完货回去的时候车是空的，可以载我们。"

他声音里满是激动与喜悦。这么长时间以来，他一直想再回到那个地方，虽然他只去过一次，但那里的盛大景象却永远留在了他的记忆中。这是他构想中的完美之地，他可以在那里安顿好自己的小家庭，也可以用原来的船继续做生意，毕竟那个地方是个大城市，离海也不远。自从他找到了新的生活目标，在陆地上待得更久一些就成了他的梦想。他不想完全切断与海洋的联系，但已经不想终日在海上漂泊了。他受够了。因此，他努力向女神祈祷，希望这片土地能欢迎他们，并成为他们一直在寻找的家园。

"要是没有你的语言知识和商业天赋可该怎么办呀！要是没有你，女神想帮我们都不知道怎么帮啦。"祭司看着她的男人，眼里满是骄傲。

"喂，也没有那么夸张吧？任何人在海上待久了都会说好几门语言的。只要有意愿和需求，沟通起来也并不难。开始收拾要带的东西吧，明天日出的时候就出发。我、你、咱们的女儿，再带上两个亲信一起就够了，剩下的人就留下来看船。那地方不是很远，但货车会比较重，牲口走不快，估计要太阳下山后才能到，正好还有时间找过夜的地方。我问过车夫能不能留宿，但他说自己只是个仆人，没有自己的房子。不过他答应会带我们去见他的主人夫妇，到时候再看他们愿不愿意帮我们吧。他其实是接待外国客商的负责人之一，这一点还算走运，我们沟通起来也会方便很多。希望神能保佑我们找到过夜的地方。说起来，这些人虽然好战，但也是颇有修养的，懂得崇尚美和知识。"

———✦———

六天过去了。六天前，车夫长与助手们一起满载着货物从皇宫出发。车上运着刚收获的大麦、压花皮革制品与走私的青铜武器和青铜珠宝，这是主人的意思，夫妇二人完全信任车夫长。需要一整个白天——从日出到日落——的时间，让牛迈着缓慢的步子把满载谷物的重轮货车从皇宫运到港口——那里等待着的船只从远方运来了各类货品，正待价而沽；接下来的四天里，讨价还价，做最实惠的买卖；最后一天，满载而归。

城市近了。旅行者们叹为观止：一座壮美的白色山峰，由山坡上无数的白房子组成。这些房屋依坡而建，下斜而上平，平坦的屋顶正好组成了上一层的地面与街道，在各层级之间也设有许多阶梯。整个结构化零为整、化曲为直，以房顶笔直的刚线与随坡度调整的底部柔线取代了这片高地本来的粗犷线条。看着白色的房屋从山顶倾泻而下，真是好不壮观！再看那坚不可摧的城墙，竟环绕了如此广袤的一片城池，真是令人惊叹！还有那远处闪闪发亮的巨大镜面，到底是山中的湖泊，还是他们疲惫的双眼看见的海市蜃楼呢？城市更近了，旅者们的目光简直要在熙来攘往的行人里迷了方向：有的人在劳作，有的人在攀谈，马车在精心搭建的斜面上走上坡去，孩童在其间追逐嬉戏，女人们在遮阳棚下跪着碾谷子，男人们在太阳底下用木槌打着不知道是什么的东西……终于，他们进了城。扑面而来的是喧闹声与烟火气，这让他们沉醉：离开故土至今，还没有哪个地方有如此盛景。他们立刻知道，自己终于找到了栖身之所。

车夫长此时并不知道,主人家里正蒙受着不幸,灾厄的黑云在他离开的几日里降临了宅邸。返回时,迎接他的只有灾厄的影踪,如同一封吉仪。他出发的当天,男主人就病倒了,发热不止,烧红了皮肤——没想到他竟没能见男主人最后一面。死亡带走了他,就像两年前的夏天带走了女主人的兄弟一般:她已失了手足,如今也失去了挚爱。

她兄弟的结局其实是在意料之中的,他生病前就总是一副病恹恹的样子,手无缚鸡之力,连武器都拿不起来。因此,疾病很快就吞没了他,速度之快令人始料未及。主人一家风风光光地按照战士的仪制安葬了他,尽显尊崇与荣耀,棺椁里,他贴身穿着此前从未穿过的战袍,那是祖上传下来的服制。但是主人和丈夫私下里交代了,让出殡的仆从在封墓前把他的身子翻过来,让他右侧朝地,像女性下葬时那样。他们知道,他也会喜欢如此的。

而男主人不同,他很强壮。或者说,看起来很强壮。一开始大家都以为这只不过是夏季常见的发热症状,任何一个身体健康、衣食无忧的成年人都能安然度过的。但正值壮年、身体强健的他却没能战胜疾病。他在三日内腹泻不止，呕吐不断，痛苦不堪。他只坚持了三天，正如丧礼的筹备也只花了三天。三日里，另一桩悲剧接踵而至：主人家年仅七岁的独子，开始和他父亲一样，感觉到下腹剧烈的疼痛，并且吃什么吐什么。主人见情势不容乐观，已经命人在她兄弟的（现在也是她丈夫的了，因为她希望二人能在一处长眠）坟脚，新挖了一座小小的墓穴。

旅人们到达时正是这样一副光景。悲痛欲绝的主人收留了他们。仆从们此时刚封好第二次被打开的坟冢，里面是主人的两位至亲；而她的儿子此时也已奄奄一息，仍不断哭喊着身体的病痛。祭司赶忙让车夫去询问孩子的病情，在了解情况后立刻提出要履行巫医之责。死马当作活马医，于是祭司被带到了孩童的床前。她很快就确认了他的病因。这是不干净的水源和因夏日高温而腐坏的食物引起的发烧，她已经见过不少这种例子了。她知道该怎么做，于是立刻行动起来：她先是吩咐没有她的指令不要给孩子喂水喂食，之后找来布料，在水里浸湿后给病童降温。她命人去烧水，又要来了一个杯子用来煎煮药剂。她从片刻不离身的药袋里掏出缓解腹泻的黑莓干叶、治疗呕吐的洋甘菊和薄荷、清胃化疾的茴香和百里香。她将每种草药都拿出了足够多次使用的分量，将它们混合在一起，往杯子里倒了一小部分。汤药凉下来后，她让孩子服了下去，又和孩子的母亲一起守夜，照看他不安的睡眠。夜间，她不时地给孩子喂药，用湿布擦拭他的身体，轻轻扇着风，同时默默向神祷告。到了早上，孩子上吐下泻的症状已经停止，不过还要再观察一会才能进食，但祭司与母亲可以轮流休息了。第二天，孩子的脸上已经有了血色，可以开始慢慢吃些东西了，虽然这副对症的药剂还要继续吃，但他已经脱离了生命危险。在预先为儿子准备的墓穴里，母亲差人放入了之前准备好的随葬品中的一部分，连同一只山羊蹄一并封了棺；她知道自己是从死神手里抢回了爱子，因此应该献上一些贡物。祭司什么也没说，但在封墓的时候，她确实看见了两个男人微笑着拥抱了彼此，庆幸幼子没有那么快赶来和他们团聚。很早以前祭司就拥有看见某些亡魂的能力，但她一直谨守秘密，因为这是神赐予的能力，最好不要声张。

家主十分感激，盛情邀请旅者们在此定居，成家立业。他们真是交好运了，因为这位好客之主正是城邦的"同侪之首"。她是城市中最具威望的执政者之一，监管着该地的大麦种植与城市给水。

∽⌘∽

时间继续推移，生活逐渐安定。旅者们挽救了领主的世间挚爱，因而备受尊敬，被派往临近城市担任管理职位，并在那里安家。他们治下的城市是主要的谷物集散地，储存、管理、调配着周边区域的大部分粮食。该地也是政治中心，各地区的大领主会在这里商议战事、讨论政务。旅者们为当地带去了一些改变：他们下令按照故国神殿的样子重修了会议大厅，这种异域的风格广受当地民众赞许，他们认为这是一种体面的设计与装潢，因而纷纷在自家争相效仿。他们也建立了首个药用植物仓库，祭司就在那里秘密地举行宗教的仪礼。几个月后，领主本人也接受了祭司的信仰，并最终成为神的虔诚信徒，虽然她只能在私下里供奉神明。祭司也利用这几个月的时间向城中居民传授了许多重要的知识，比如喝水一定要烧开，再比如哺乳期可以延长一些，这样孩子才会更健康、强壮。这些明智的建议都是她从家乡学到的代代相传的智慧，或是在漫长的旅途中悟出的道理。她还借机向当地的妇女传授使用药草的技艺，于是，这个向来认为匕首比祷词更强的民族终于也迎来了母神的眷顾。

就这样，日子一天天过去，女孩已长大成人。领主数年里一直牢牢地把握着治理权，但她没有再去找个男人结婚，因此也就膝下无女了，而她的这个位子是只能由女性世袭的。她害怕自己就这样死去，让自己名下的特权无人继承。想到这里，她征得了祭祀的同意，宣布她的女儿为继承人，并在她达到适宜生养的年龄后将儿子许配给了她。之后，人们悲痛地在床榻上发现了领主的尸体，她面色安详，似乎主动选择了离去。几天后，祭司之女入主领主之屋。人们都说，领主多年来一直背负着失去至亲的巨大悲伤,而在解决了继承问题后,她终于可以撒手人寰。她与家族里另外两位男性葬在一起,在他们合葬的墓旁单设的一处墓室里,她的坟墓仪制更高,彰显像她这样强大、显赫的女性的权威。

领主的死结束了多年以来居民们和谐共处的生活。其他领主开始攫取更多权力,逐渐垄断了粮食生产,改变了分配制度。他们砍倒了一片片森林,对待仆从的态度也越来越恶劣。他们中的大部分人已经逐渐变成了真正的暴君,肆意践踏着土地与土地的恩赐。神的不悦日益明显。

某天夜晚,祭司梦见了母神,她于是知道是时候离开了,离开这个给了他们数年幸福生活的地方,她让女儿知道了这件事。继任者和配偶将其他领主集结在一起,好让祭司向他们传递神的信息,这是她第一次在这个城市里公开自己的身份。

她站在会议大厅正中央,清晰无误地说出了预言,宣告了整个时代的终结:

"你们造成的破坏冒犯了母神。你们不但不尊崇她,还将她的森林夷为平地，将她心爱的树木砍伐殆尽。她将农耕赐予世界，并不是为了看到这番场景。你们自私而狂热地囤积着一切，这行为是神不认可的。她施与恩惠，想让你们幸福地生活，但你们却贪婪，不加节制，要将自己溺死。你们想保护自己，但只知道加固城墙和门窗，殊不知大地必降大惩罚在你们身上，远比入侵者可怕得多。大地要用饿与渴杀你们。你们将看到月相不断变化，看不到雨，陆地上凡不动的水，必生出疾病和死亡。作物不会再结果实，你们要寻别的办法养活自己，而控制了粮食的人啊，你们的统治要消亡了，因为这是神要见到的，虐待同胞是不义之举。"

有的人觉得自己身居高位，无人能左右，于是嘲笑她，羞辱她，还有的人只是觉得她疯了，而他们中的大多数，出于对她所授知识的敬重，保持着不置可否的沉默，权当自己什么都没听见。

自那天起，连月来天空再未降过一粒雨滴。新任领主和丈夫准备带着两个女儿、埃及人、祭司以及尽可能多的财宝离开。这天清晨，载着他们穿越了整个世界、如今已修补了无数次的行船，又载着他们向着新的冒险启航了。最初跟随埃及人远航的水手们现如今已经寥寥无几。他们有的还在埃及人手下干活，把货物从一个港口运往另一个港口，有的已经客死他乡，有的在遥远的土地上开枝散叶。埃及人曾经的得力助手担任了这次旅行的船长，另外两个手下，现在已是白发苍髯，也加入了旅程，与一家人和几个仆从一起再次起航，前往未知的终点。

有人说起母性的神祇和守护宝藏的公牛，说起碧绿森林里的巫女和仪式，说起幽深的洞窟与北方美丽的山脉，说起半岛上其他强大的女性……对善于观察的人来说，很多地方都能找到线索。不过，若是要揭开后世的所有谜团，说清楚他们到底是如何流散至世界各地的，那就是另一个故事了。今日的卡斯蒂利亚，某个美丽的小镇，祭司的后人，嫡长女世代继承之血脉的最新的一环，就在美丽的石头房子里，房子坐落在花园中。故事就发生在今日之前，发生在那个时代之后……

世界得救之后

宇宙得救了。平衡没有完全被打破,两个世界没有走向终结。死亡与生命见一切回归了本来的样子,满心喜悦。经此一事,梦魇就再也不能肆意地入侵清醒世界了,只能走正规渠道返回。但一切都是暂时的。平衡总会寻找不稳固的支点,总会回到危险的边缘,其本质就是如此矛盾,这才将它与"稳定"区分开来。世界被设计成复杂的网状结构,在平衡之上编织着永恒的二元对立、神圣的回环与力的三角,过去如此,现在也是如此,直到时间的尽头。

天使离开那座城,回到了石屋中,那注定要成为她与家人永世的家园。在那里,母亲和其他亲眷等待着她归来,一座长满魔法药草的花园和一个秘密等着她来守护,这个秘密,百年后将由她腹中的女儿继承。她想到酒馆里那个幽灵女子，脸上露出了微笑。她很高兴自己听从了她的建议。那时的自己还不知道怀孕的事，每次也都只会怪自己工作太忙，压力太大，怪自己不该有这样的特殊天赋。

陌生两人在天使家待了几天，其间，三人建立起了永恒的联结。之后，二人告别了天使，过上了普通、充实、美满的生活。他们仍会在梦里巡视梦境世界：他们从小就接受了这方面的训练，这也是他们的使命。

他们学会了原谅自己，明白了不该为自己的感情可能给他人带来的痛苦而自责。他们终于了悟，不遵从自己的内心才是最大的过错。

陌生的他无须学习这一切，因为自见她的第一眼起，他就已顿悟于心。他总觉得这是命中注定：牵着她的手，照看她，让她明白自己是她不可或缺的一部分，帮助她精进自己的能力，和她一起成长，勇攀高峰。

混沌者终于走出了此前地狱般循环着的生活，他学会了看见事物好的一面，生活逐渐步入正轨。他还是会做梦——人无法改变自己的本质，但终于在梦里渐渐了解了自己身上所发生的故事，也逐渐了解了这段往事的诸多细节，他于是渐渐产生了见救命恩人一面的坚定想法。于是，在很长一段时间里，他都在梦里梦外不知疲倦地寻找着两人，终于在这一天里找到了他们……但这就是另一个故事了。

歌者继续用自己的力量编织着千百万人生活的一丝一缕。她回忆起了自己神的身份，并且已经不再孤单：笛手吹奏着魔法的音符，温暖了她的歌声。

时间就这样在两个世界里流逝，变动不居，恒常通久。

尾声

书中的故事诞生于一首诗,这首诗诞生于真相栖居的角落:

梦魇世界之王

一切只是模型

电影

虚幻的世界

只是她玻璃的眸子里彼世的风景

但她感到寒冷

她的冷，你的冷

你走时在她体内留下的严寒

她将你逐出梦境

封闭了心灵

不愿再将你感知

"你不爱我，我也不爱你"

她自言自语的谎话

所以她打碎了镜子

里面藏着她兽的魂灵

她要杀死它

否则那灵敏的嗅觉必感知你的足迹

爱是心电的波纹

在空气里起了涟漪

你不信，却逃不了

她的心语夜夜入梦

你自诩的聪颖

判了她的伤悲

往昔的圆镜

有你手里碎了的一片

你不知道自己也会痛苦吗?

在她剜了心肝

投给未驯化的野地里的狼群时?

但她总会活下去:

她懂得轻抚猛兽的毛皮

发出催梦的细语

也早已学会狠狠地咬啮

或是进行残酷的游戏

你让她忆起爱情的可怖

人因爱而脆弱

真是致命的麻烦——

而她未曾想到

自己仍能去爱

你不必害怕——

一切只是模型

倒影在女孩双眼

眼里是她的未来

坐落在幽灵之间

啊，那是怪物的模型！

由她愤懑地画在纸上

再由她刺穿、杀死

以石墨的投枪

她很了解怪物的老家

一天夜里，她尾随着以狡黠无声潜入的

是睡梦世界里隐藏的巢穴

在被反咬之前

她将怪物的肉块咬下

嘴角沾血，灵魂宁静

小小的她回到了小小的家

"孩子，怪物并不存在。"

她静静看着父母的双眼

里面满是虚假的真实

从床底下伸出的巨爪

安抚着她的脚丫

她于是把它打发了回去——

不要叫父母害怕

他们不知道

反而会更好——

她是

梦魇世界之王

致谢

妈妈很早就离开了我。她把她的微笑、她眼里闪烁着的魔法、对讲故事的热爱留给了我。我们时常一起仰望星空，以经验的而非分析的方式欣赏它深渊般的美。虽然她奇绝的想象力从未付诸纸端，但却向我展示了会讲故事的夜幕与教人思考的星星。妈妈教会了我最重要的东西。

我有很多梦想，其中之一就是写本书献给妈妈。这个梦想终于实现了，我做的这一切都是为了她。我知道，你们在阅读本书的过程中一定能到达那个世界，我的妈妈现在就住在那里。

但我也想把这本小说献给其他许多人。它是我出版的第一部作品，有太多人帮助我完成了这个梦，他们要么是我生命的一部分，要么在出版过程中不可或缺，要么两者兼有。

请允许我在这一节里多说几句，略表对他们的感激之情。

这本书我想献给我的姐妹，她不仅是我的家人，也是我生命的一部分。她总是相信我身体里有着作家的灵魂，在我笔耕不勤和害怕写作的日子里给了我很大的鼓励。本书也献给父亲——他是我的父亲，这就足够了，还有什么比这更重要的理由吗？献给帕科和路易莎，他们给了我第二个家——是的，我何其幸运。献给洛伦索，我最爱的大头鬼；献给吉列尔莫，我和他共享着分离的基因。我从我有时显得有点超现实的家庭中学到了一件事：幽默是逆境面前最好的盔甲。家庭是根系与土壤，塑造了今日的我。他们值得拥有一切。

这本书我也想献给埃娃，她能看到我这个怪人好的一面，并敦促我把这些别人都觉得荒诞不经的东西写成文字。献给玛丽亚、安赫拉和卡梅拉。她们是我最好的朋友，总是能体谅我有时候需要逃进自己的世界里的需求。不管做什么事，她们都是最佳伙伴。要是有一天我要去摧毁指环，那我一定会选择她们做我的冒险拍档，她们也一定会二话不说就毫不犹豫地答应下来的。不过去之前，肯定还是要和她们解释清楚霍比特人和精灵、伍基人和塔斯肯袭击者之间的区别的。我永远离不开她们。

献给我亲爱的格洛丽亚，她总是鼓励我写下去。感谢她送给我漂亮的本子和圆珠笔，委婉地敦促我写作。感谢她的拥抱和信任。

献给安德烈斯·莱温，我出色的天才和疯子，他现在紧紧地抓着哈雷彗星的光尾，在星际旅行，感谢他让我明白了，一定程度的疯狂也是一种禀赋。我心中永远有他的一部分。

我也不会忘记快要成为英国人的莫妮卡，虽然我们相隔甚远，但她从未离开。不会忘记费利佩，看吧，不相信我？我做到了，书就在这！不会忘记马易略，能有他这样权威的考古学家帮助我找回已经部分还给老师的史前学知识，帮助我找到小说的最佳场景，我三生有幸。不会忘记戴维·阿利亚加和安托尼奥·萨克斯，他们是我的朋友，也是很好的作家，还是我文字的第一读者，我写作之路的支持者和"共犯"；他们虽然不在我身边，我却感到他们离我很近。不会忘记阿尔贝托·普卢梅德，他是最精通奇幻文学、最懂得小众读物的书商之一，能有这样的人做我的顾问、朋友、家人（他是我姐妹的丈夫），我十分荣幸。不会忘记楚斯和拉盖尔，我亲爱的两位加利西亚人，他们是小小超级女英雄的制造者，千百次邀请我到他们漂亮的小房子里完成这部小说——从房间的窗户看去，正是我心爱的北部海洋。不会忘记路易斯·拉米罗、马利诺·塞斯和布鲁诺·博纳科索，他们的音乐与关怀令我的生命更加美丽。不会忘记我混沌的猫头鹰们。不会忘记丹尼，指引了我的科幻文学之路。不会忘记我拍摄星星的摄影家，他如此信任我。不会忘记那些因空间所限而无法一一列出的人。不会忘记在出版前试读我作品的读者，他们为拙作成书提供了宝贵而明智的意见。

这本书我还想献给拉法尔·林德姆，他是我的朋友，我的读者，在正式成为我的编辑前就审校过我的许多的文稿。我很感谢生活的转折能让我的小说从出版社飞向更美丽的地方：家庭。他悉心照料了这部作品，没有谁能比他做得更好了。

献给玛丽亚·萨拉戈萨。要说真有为这段故事作序的最佳人选，那一定就是她了。感谢她的支持、建议与友谊。

献给赫尔豪·德尔奥罗，他很少给别人的小说配插图，但接到邀请时还是赏光，接受了船上的冒险。

献给德雷，他在书籍与树林间向我走来，从那以后一直用他的魔法帮助我照看我的文稿和我的世界。

献给塞塔，她总能帮我一把，无论在光里还是在暗中。

献给你，梦者，我知道你看书的时候肯定能发现自己的身影。

献给那些以各种方式藏在这个想象与现实交织而成的故事中的人。

献给镜子另一边的居民，他们给了我动力与勇气。

献给你，读者朋友。

谢谢，谢谢，谢谢！

玛尔·戈伊苏埃塔

写于镜子的另一边

2018 年 2 月 21 日